Le Cheval aveugle

Kay Boyle

Le Cheval aveugle
Traduit de l'anglais par Robert Davreu

Postface par Florence Sapinart

Tous droits de traduction, de reproduction et d'adaptation réservés pour tous pays.

© Éditions du Rocher, 2008

© Photo de couverture, © Luz. 4e de couverture, Man-Ray.

ISBN 978 2 268 06215 0

CHEVAL CHEVAUX

*collection dirigée par
Jean-Louis Gouraud*

DANS LA MÊME COLLECTION

Sherwood Anderson
LES CHEVAUX DE L'ADOLESCENCE

Adnan Azzam
À CHEVAL ENTRE ORIENT ET OCCIDENT

Ángel Cabrera
CHEVAUX D'AMÉRIQUE

Astolfo Cagnacci
CHEVAUX EXTRAORDINAIRES

Mayeul Caire
GAGNANT !

Philippe Deblaise
GASPARD DES CHEVAUX
(Prix Pégase, 2004)
*
LES CHEVAUX DE VENAFRO

Christian Delâge
FOU DU ROI
*
LA DERNIÈRE LIGNE DROITE

Antoinette Delylle
L'ÉQUITATION SENTIMENTALE

Jean-Louis Gouraud (et Compagnie)
« C'EST PAS CON UN CHEVAL, C'EST PAS CON ! »

*

SERKO *suivi de* RIBOY *et* GANESH
(Prix de l'Académie vétérinaire de France, 2006)

Bernard Mahoux
MON CHEVAL, MA FEMME ET MOI

Jean d'Orgeix
MES VICTOIRES, MA DÉFAITE

Pierre Pradier
L'ÉCOLE DES CENTAURES

P.A. Quarantotti Gambini
LE CHEVAL TRIPOLI

Bernard Sachsé et Véronique Pellerin
SUR MES QUATRE JAMBES

Léon Tolstoï, Alexandre Kouprine, Carl Sternheim
QUAND LES CHEVAUX PARLENT AUX HOMMES

Philippe Thomas-Derovoge
LE VIZIR
(Prix du roman de la Fondation Napoléon, 2006)

Aimé-Félix Tschiffely
DON ROBERTO

Marc-André Wagner
DICTIONNAIRE MYTHOLOGIQUE ET HISTORIQUE DU CHEVAL

Adeline Wirth
CHEVAL DE CŒUR

Collectif
HISTOIRES D'AMOUR ET DE CHEVAUX

Je dédie cette traduction à la mémoire de mon ami Jean-Paul Rospars, fin connaisseur s'il en fut de la littérature américaine, qui m'a fait découvrir l'œuvre, trop injustement ignorée aujourd'hui, de Kay Boyle. J'espère ne pas avoir trahi la confiance qu'il m'a témoignée, lui qui eût été sans doute mieux à même que moi de mener à bien la tâche redoutable de faire entendre au lecteur français l'écho d'une voix et d'une écriture si singulières.

Robert Davreu.

Chapitre 1

LA FEMME et la jeune fille commencèrent à se dévêtir dans les buissons près de l'eau, ôtant avec pudeur leurs habits à faible distance l'une de l'autre et se tournant le dos de façon à ne pas se surprendre dans la confusion de la chair. Le soleil filtrait, maigre mais chaud, entre les bourgeons à peine en train d'éclore et à travers l'épais feuillage tremblotant des branches, tachetant d'ombres les deux visages baissés et les bras et les jambes nus. La fille avait tiré son tricot au-dessus de sa tête pour le rejeter à l'écart et secoué ses sandales de ses pieds ; la jupe en tweed reposait abandonnée à même la terre sous les petites branches printanières couvertes de boutons. Une fois qu'elle eut remonté sur son ventre et ses seins le maillot de bain moulant en laine bleue, elle se redressa et sortit sur la berge, boutonnant encore une bretelle sur l'épaule, et resta là en contemplation : les jambes blanches rapprochées l'une de l'autre, élancées et à la chair délicate comme des fleurs de cornouiller, la tête tenue droite sur le cou rond, les tempes creuses et dégagées des cheveux noirs, tirés en arrière au-dessus des oreilles, qui tombaient presque jusqu'aux épaules. La chevelure et la pureté immaculée de la peau, les grands yeux, étirés vers les tempes, des yeux transparents qu'on eût dit ivres de rêve ou aqueux, lui donnaient un air non-anglais et comme oriental. Et la femme alors de sortir après avoir ramassé avec soin ses propres vêtements, les pliant pour les poser en bon ordre sur l'herbe du pré surplombant le mur de laîches qui s'élevait dans l'eau courante.

« Plie tes affaires, Nan », dit la femme. « Rassemble tes habits et mets-les quelque part dont tu puisses te souvenir quand tu sortiras », dit-elle, non pas tant par autorité ou par habitude que par besoin de vite mettre un terme à cet intervalle – à tout intervalle – de silence entre elles. Comme le corps dans le costume de bain noir à volants, les bras étaient pleins, d'un blanc poudreux, sans tache : des avant-bras longs à la peau distendue malgré leur beauté intacte, jusqu'à l'épaississement des épaules tombantes et de l'attache du cou, ils témoignaient de l'harmonie parachevée entre la chair et le temps. Dorénavant s'annonçait le déclin, la détérioration du vieillissement. Seules les mains, se tendant vers le chemisier pour le défroisser et le plier, ainsi que le visage et les pieds menus dans les chaussures de tennis noires rappelaient la silhouette d'une femme plus mince, plus timide autrefois : une, peut-être, qui n'était jamais entrée en mariage de bon gré ou qui n'avait jamais enfanté et qui demeurait encore hésitante, encore vierge, innocente. Ses yeux exploraient lentement le sol, comme en quête d'un défaut. « Nan, ramasse tes affaires avant d'y aller », reprit-elle sans espoir que la surdité et l'indifférence de la jeunesse lui prêtent attention.

Mais le froid saisissait déjà les pieds de la fille, l'eau montant lentement sur les jambes pures tandis qu'elle descendait de la berge dans le courant : le visage flou, en partie sous l'effet du ravissement, en partie sous celui de la crainte, les yeux baissés vers la mince ligne argentée de froid qui cernait les chevilles et gravissait la chair jusqu'aux genoux, puis les dépassait à leur tour, et montait, lui étreignait la taille, les seins, la gorge, le choc lui tordant un instant le visage d'une moue consternée. Ses bras commencèrent à se mouvoir et la voici qui nageait contre le flot du courant. Ainsi, la dernière fois que je me suis baignée j'avais quinze ans, c'était il y a deux ans, se mit-elle à penser, luttant contre les paquets d'eau qui déferlaient. Je n'avais pas encore quitté la maison alors, et je n'avais pas peur. Je ne savais pas ce que c'était. À présent je sens tout qui s'arrête, mon cœur, mon sang, les muscles qui se durcissent comme si je frayais mon chemin à travers de la glace et devenais glace et que la terre et le ciel se congelaient en un carcan autour de moi. Mais la mère debout dans l'herbe sur ses longues jambes nues voyait les soyeux cheveux noirs qui remontaient le courant luire sous le soleil, les bras minces de la fille tombant et montant dans la lumière, coudes et épaules pliés, tandis que d'une blancheur de craie ils plongeaient d'un mouvement régulier dans l'eau sombre, la repoussant derrière elle à petits coups rapides comme quelqu'un qui se dépêche de gravir une échelle escarpée ou de grimper à un mât de cocagne dans une foire de village.

« Elle est comment, Nan ? » cria-t-elle. « Froide ? » Et, sur ce, son propre corps bascula en avant et s'ouvrit un passage à travers les laîches et les roseaux dans le lit vite profond du courant. Un moment elle nagea puissamment, sans chercher sa respiration et le menton haut, puis elle se tourna paresseusement sur le dos et vogua là, le bonnet en caoutchouc bleu enserrant le long visage pâle, les grands bras battant en arrière. « Bonne », lança-t-elle paisiblement sur le murmure rapide de l'eau. « Rien que le premier plongeon qui vous coupe le souffle... »

Le retour chez soi vous le prend et ne vous le restitue pas, se dit la jeune fille, car les années de jeunesse sont imprimées là, dans les meubles et les tapis et les marques sur le verre. Il y a tout un groupe d'enfants autour de moi, ici, qui sont à eux tous cet enfant que j'étais jadis : courant le long du mur couvert de lierre à l'est de la maison et dévalant à travers les écuries et les pâturages ; portant des jupes courtes et mettant des livres d'images sur les étagères de ma chambre. L'enfant qui grava ce dessin avec une épingle à nourrice sous la rampe au-dessus du sixième barreau de la première volée de marches est encore tes os, ta peau, le muscle de ton œil, tes ongles et tes dents, le même enfant projeté physiquement qui meurt à présent dans la glace de l'eau. Elle laissa le courant la retourner et l'entraîner en aval vers le bonnet en caoutchouc bleu, puis au-delà de la face perlée d'eau, reposant à la surface, tournée vers la lumière du soleil qui surplombait, pâle, les prairies et les arbres.

« Je ne suis plus aussi bonne », dit Nan. « Je vais sortir, maman. J'ai oublié ce que c'était de nager dans l'eau froide après avoir nagé là-bas. »

« Gravir des montagnes devrait te donner assez de souffle », dit la femme, flottant tranquillement au gré du courant. Elle gisait immense, déployée, l'air boursouflée, ses bras et ses jambes ballants comme gonflés sous l'eau.

« Parfois quand tu apprends une chose tu en oublies une autre », dit Nan, ses dents s'entrechoquant. Elle tendit la main vers les racines du saule et se hissa, avec peine, hors de l'eau. « Je parlais allemand jusqu'à ce que j'apprenne le français, et en Italie j'ai oublié tout le français que je savais. » À quatre pattes elle chercha la serviette sous les buissons, lança la jupe en tweed et le tricot à l'écart sur la terre fraîche et luisante. « Une année je sais l'algèbre et une autre la géométrie. Je ne les sais jamais toutes les deux dans le même hiver. » En un instant elle pivota sur ses genoux, revint sur la berge et s'assit là, recroquevillée dans la serviette, tremblant, les ongles de ses pieds bleuissant. « Ou bien quand je deviens à peu près bonne au fusain, j'oublie la façon de travailler avec la peinture à l'huile, et l'année où j'ai choisi l'option du dessin d'architecture, je ne pouvais plus suivre les cours de dessin d'après nature. » Elle se frotta les cheveux avec sa serviette, secouant les boucles soyeuses. « Et c'est pareil quand j'admire des choses », dit-elle, s'interrompant pour cueillir sur son genou un brin d'herbe tombé de l'ombre de sa serviette. « Quand j'étais passionnée par la Renaissance je ne pouvais pas… »

« Tu es saturée, voilà tout », répliqua vivement la femme depuis l'eau, battant des bras en arrière. « Ta croissance n'est pas achevée, tu sais, et toutes ces études t'ont épuisée. Hier j'ai constaté une chose », dit-elle, dérivant immense et paisible. « Tu n'as pas oublié comment on monte à cheval. »

Ni oublié de respirer ou de parler ma langue natale, mais j'ai oublié la façon de marcher dans la maison et de traverser ses pièces comme si j'y étais encore chez moi, ou de nager dans l'eau qui m'a connue toute jeune, ou de m'asseoir sous cet arbre qui a senti jadis mes jambes grimper son tronc, ou de la regarder et de lui parler, car elle parle toujours d'« Alors » tandis que je suis en avant, dans l'avenir qui m'attend, ou dans « Maintenant ». Je suis chez moi *maintenant*, c'est chez moi, et il n'y a pas de place pour moi car

toutes les places sont prises par cette enfant qui ne mourra pas.
« Je crois que ma croissance est achevée », dit-elle. « En tout cas, mes pieds ne grandissent plus. Cela fait deux ans que je porte des chaussures de la même pointure : mes souliers en daim bleu marine que j'ai eus à l'occasion de mon quinzième anniversaire, pour aller à Pellton au déjeuner de Mary et je peux toujours les mettre sans qu'ils me fassent mal. »
« Et ta culotte de cheval ? » répliqua la mère, flottant près des laîches. « Tu as pris au moins dix centimètres depuis septembre. Pas question de t'acheter un sergé coûteux. Tu n'y rentrerais plus dans six mois. Cela ne vaut pas le coup. »
« Oui, oui », acquiesça-t-elle presque douloureusement, et puis, comme si l'affaire était close, elle resta assise sans parler, frottant les cheveux humides dans son cou avec la serviette. Mère, je connais mes os, j'habite cette chair, je sais que j'ai fini de grandir. Regarde-moi, assise ici sur l'herbe, je suis une femme, une femme certes non établie, non reconnue, mais je suis une femme qui te voit refuser au ruisseau le courant de ses eaux. Laisse-moi simplement te dire ceci, sans te regarder : cela fait trois jours, non, trois nuits et deux jours, que je suis de retour et je ne peux pas rester. On est en juin, mais c'est à peine le printemps ici, car la nature est en retard cette année. L'eau est froide, les bourgeons s'entrouvrent à peine et les laîches sont comme sont d'habitude en mai les

joncs, tout est en retard d'un mois ou plus par rapport à la saison. Tandis que dans d'autres pays, au sud, les choses sont bien différentes à présent : les roses sont en pleine éclosion, puissantes et chaudes et sentant bon dans les jardins, les étudiants, les poètes et les peintres regagnent leurs chambres le long du fleuve avec leurs chaussures éculées ; leur allure si différente des autres passants, la tête nue comme moi cet hiver dans les galeries et les musées d'art et même dans les églises, car en Italie ils ne semblent plus se soucier de ce que vous vous y couvriez les cheveux d'un mouchoir par respect. Vous y entrez à midi, fuyant les rues écrasées de chaleur et de soleil, et votre sang est béni, vos pas fervents sur les dalles fraîches l'emplissent de piété, et vous vous agenouillez au pied des piliers qui se dressent dans l'obscurité granitique, croyant, croyant. Il ne s'agit pas de religion, ou de catholicisme, ou même de la foi de l'Église Anglicane, c'est juste votre esprit agenouillé enfin qui apprend les mots de sa propre édification. Les étudiants, se disait-elle à elle-même, assise en silence, séchant ses seins froids sous la serviette, ont des visages différents car ils vivent une aventure, ils sont en quête d'une chose dont personne ne manque ici ou n'imagine qu'on puisse manquer : la connaissance ou le chemin de la connaissance ou bien simplement le chemin – pour cela il faut demeurer curieux et demeurer libre. Tout l'hiver dernier je me suis habillée comme eux, en étudiante au lieu de juste faire semblant de l'être, et j'ai déambulé comme eux, et maintenant elle regardait sa mère sortir de l'eau, se hisser à la racine de l'arbre, sa délicate main amaigrie en saisissant la corde humide. L'étoffe du costume de bain mouillé moulait les muscles fermes des cuisses dans l'effort, et dans un élan de contrition désespéré, la fille tendit son bras nu hors de la serviette, la chair de poule hérissant sa peau jusqu'au poignet et aida la femme à prendre pied sur la berge. Lorsque leurs doigts se rencontrèrent et s'étreignirent, le visage de la fille s'empourpra, plein de ferveur, d'humilité, d'envie, quand soudain la mère éclata de rire, glissant et pédalant dans la boue sur ses robustes genoux ; sachant ce qui était à venir ou ne le sachant pas très bien, et redoutant ce que pourraient être les mots, elle se hissa enfin sur l'herbe en riant, arracha l'enveloppe en caoutchouc bleue de sa tête, secoua ses cheveux courts et bouclés grisonnants, et parcourut le ciel d'un coup d'œil rapide.

« Ma foi, le soleil à coup sûr est en train de baisser, Nan. Tes mains sont froides comme la Sibérie », dit-elle, d'un ton léger, parlant pour le simple besoin de meubler le silence. « C'est de la folie de ne pas avoir ôté ton maillot aussitôt que tu es sortie. Tu gèles à rester assise avec ça sur le dos. » Elle s'éloignait, croupe haute, avançant à tâtons sur ses mains et ses genoux mouillés jusqu'au tas de vêtements pliés. « Allez viens. On va se rhabiller et courir jusqu'aux enclos », ajouta-t-elle.

C'était elle qui marchait en tête sur le sentier raboté par les pas, marqué par le bétail et par l'homme, qui courait entre la haie sauvage et les joncs, et la fille suivait, écoutant le bavardage qui en arrivait aux questions d'argent : le prix de la septième jument poulinière et les tarifs des saillies ; la voix de la mère devant poursuivait, parlant d'acquérir un pâturage plus vaste, tandis que le sac de bain au bout de son long bras se balançait au-dessus des queues-de-renard. Nan avançait, les pieds en sandales, le regard vague, ivre de rêverie, observant comme en extase les herbes et les branches qui bougeaient dans le soleil tandis que la rivière se faufilait à travers les roseaux et que la voix de la femme poursuivait devant elle :

« Il n'y a pas de boulot pire que ça, être obligé d'élever des chevaux sur le même sol année après année. Je n'arrête pas de me creuser la cervelle pour trouver une issue, un moyen de se procurer d'autres enclos et d'alterner d'une année sur l'autre comme dans un haras de riche propriétaire où l'argent n'est pas un problème. Tu connais le dicton selon lequel un pied de mouton vaut de l'or, c'est ce qui a préservé le sol de devenir impropre à la pâture des chevaux. » La voix poursuivait, rapide, incessante, légèrement querelleuse, virulente, dans la lumière flottante de l'après-midi. La nuque de la femme paraissait encore plus épaisse sous son chapeau de marin et les cheveux courts, encore mouillés du bain, étaient plaqués sur la peau d'un blanc poussiéreux. « Mettre du bétail dans les enclos, le rentrer et le sortir tout en gérant le haras, c'est un boulot de fou. Saler les mauvaises herbes pour que le bétail les mange ou faucher le foin et amener les moutons, on n'en finit jamais. » Elle envoya un coup de sac aux queues-de-renard. « Je sais ce que je veux », dit-elle sauvagement, avec une amertume croissante. « Si j'avais assez d'argent pour cela. Des herbages maintenus en bonne santé par le repos, vois-tu, Nan ? Des acres de pieds-d'oiseau frais et du ray-grass et du *fiorin*. Ah, je visualise tout ça parfaitement dans ma tête, mais qu'est-ce que je peux y faire ? Quiconque s'y connaît un tant soit peu en chevaux verrait cela de cette façon, mais le seul homme qui pourrait y faire quelque chose va gaspillant l'argent à droite et à gauche... »

Ce n'était pas le début de la rengaine, loin de là : c'était le point culminant de l'histoire reformulée de façon à pouvoir la raconter une fois de plus entièrement. Elle avait commencé dans ces lettres envoyées à la pension de jeunes filles de Florence, franchissant terres et eaux, et avait ainsi débuté abruptement dans la vaste salle italienne contenant les trois lits des jeunes filles : « Nan, j'avais mis de l'argent de côté en vue d'acheter de nouveaux pâturages et qu'est-ce que ton père a fait sinon acheter impulsivement ce hongre à tête de cerf, sans rime ni raison, sauf qu'il avait trop bu. »

« Il n'a pas de préférences ou de réelle volonté personnelle », et comme dans les lettres, la voix, là devant, ressassait cela le long du sentier à bestiaux puis de la laiterie. « Il fait cela par…, quel est le mot qui me fait défaut, Nan, je ne veux pas dire par dépit mais quelque chose comme ça, en plus bizarre, car je suis celle qui possède l'argent, qui suis née avec, qui l'ai gardé, ai doublé l'héritage après la mort de ton grand-père, et ton père doit montrer qu'il est quelqu'un qui a quelque chose lui aussi, même si ce n'est que des mots. Il veut me prouver à moi et à tout le monde quel homme il est en allant acheter un animal sur lequel je n'ai pas posé un doigt ou un regard, et tirer le chèque pour leur faire croire que tout cela est à lui, et ce après quelques verres afin de leur montrer comment c'est, la signature d'un homme et le compte en banque d'un homme. Et il sait que je le soutiendrai ; c'est ce qu'il exploite, le fait que je ne le laisserai pas tomber. Il y a sept ou huit ans, il a dépensé cette fortune en bétail alors qu'il savait, à jeun en tout cas il savait, que le bétail sans cornes était le seul que nous puissions avoir sur la ferme avec les chevaux. Il avait les noms des races dans son carnet quand il est parti à la foire : Galloways, Red Polls ou Aberdeen Angus, avais-je écrit pour lui, croyant lui donner la satisfaction de se sentir responsable. Mais après ce qu'il a bu au pub, il a dû se dire, je vais lui montrer. Si elle est anglaise et si l'argent lui appartient, je suis canadien et j'ai mon mot à dire. J'ai pleuré après là-dessus une semaine durant mais cela n'a servi à rien. Le bétail une fois revendu a atteint la moitié du prix qu'il avait payé en vente publique, et il m'a fallu avaler cela aussi. Et ensuite il y a eu l'étalon non certifié qu'il a ramené à la maison au lieu d'un étalon de classe supérieure, sans même parcourir son pedigree. Dans la recherche de sang nouveau, essaie toujours, si tu le peux, de t'attacher à celui de la mère de *l'étalon* et laisse tomber celui du père de *l'étalon*, chaque fois que c'est possible, lui ai-je dit depuis le début. Je le lui avais écrit, mais rien de scientifique ne lui a jamais importé. Si quelque chose lui plaît, ou s'il en a marre de quelqu'un qui s'y connaît mieux que lui, ou bien s'il a avalé un ou deux verres, il ne fera ni une ni deux quel que soit le prix, et de rentrer avec ce cheval et nous voici avec une quasi-perte sèche sur les bras. Même en lui mettant la chose imprimée noir sur blanc devant lui, tu ne peux rien apprendre à un Canadien sur le sang prédominant d'un cheval. Ah, ç'a été un vrai crève-cœur avec ton père, Nan ; s'il s'en tenait aux peintures ou aux échiquiers ce serait une chose, mais depuis qu'il s'est mis à boire aux ventes aux enchères et qu'il s'est fourré dans le crâne qu'il s'y connaît, c'est pire encore. Mais je n'ai jamais fait opposition sur le compte joint et c'est ce que j'aurais dû faire depuis le début. Je l'ai toujours laissé tirer de l'argent par égard pour sa virilité, ou pour lui donner le bout d'une carrière ou d'une occupation, car il n'en a jamais eu aucune de personnelle.

Et pourquoi est-ce que je continue à le faire comme une idiote ? – uniquement parce qu'il revient en pleurant de ce qu'il a fait une fois qu'il en a vu la sottise, pleurant et désolé, et jurant de ne plus jamais recommencer, et prêt à mourir pour cela, et désireux de rembourser jusqu'au dernier penny sur l'argent du tabac, et jurant de peindre un tableau d'une valeur supérieure à tout ce qu'il a perdu... »

« Il n'a mal dépensé l'argent comme ça qu'environ deux fois, maman », dit la fille. Sans chapeau, elle marchait derrière, le regard absorbé par le spectacle des herbes et des branches qui tremblaient dans le soleil.

« Trois fois ! » s'écria la femme devant. « Il y a eu les bêtes à cornes et l'étalon qui ne valait rien, et voilà maintenant que c'est ce hunter fou ! Il ramène cette rosse à la face de cerf au prix que vous paieriez pour un pur-sang, et sans songer le moins du monde après ce qu'il avait dû boire, à le faire examiner par le vétérinaire. On ne peut plus joyeux il se ramène sans certificat d'aucune sorte, et le type qui le lui a vendu se trouve comme par hasard à l'étranger. Et pourquoi ton père a-t-il fait cela ? Juste pour me montrer qu'il peut disposer de mon argent à sa guise ! Nous entretenons un haras, lui ai-je dit, et non un manège. Mais l'argent était déjà envolé et l'achat de nouveaux enclos une fois de plus fichu... »

« Il avait coûté tant que ça ? » observa la fille, la chevelure noire en arrière des tempes creuses, ses yeux doux et tendres couleur de violette sauvage, ses pieds nus veinés de bleu dans les sandales s'aventurant rêveusement, sans un bruit, le long du ruisseau.

« Ah, non, pas le prix d'une nouvelle terre, non », dit la mère, frappant de son sac les hautes queues-de-renard. « Rien de comparable à ce qui a été payé pour des chevaux dignes de ce nom, rien en comparaison de ce que Sir Mallaby Deeley a payé pour Solario, par exemple », dit-elle avec une ironie amère. « Jamais quarante mille livres et quelques, bien sûr, mais ce n'était pas rien. C'était assez pour envisager à terme d'acquérir de la terre ou même pour songer à de nouveaux enclos à louer un an ou plus, le temps de rembourser et de colmater la brèche. »

La fille reprit calmement derrière elle.

« Candy dit qu'il a acheté Brigand pour moi. Il désire que je le monte et que je fasse de lui comme bon me semble. J'ai dit à Candy que je ne comptais plus chasser et il a répondu que je pouvais de toute façon le considérer comme mien... si je le voulais... je veux dire si je reste... »

« Il est tout en jambes », répliqua la mère précipitamment, assez vivement pour court-circuiter les derniers mots et éviter de les entendre proférer. Elle enchaîna haut et vite. « Son sang est vicié, côté père ou mère ; il est bizarre. Ton père l'a choisi pour ses épaules, mais quiconque s'y connaît te dira que c'est un article de luxe. Un mauvais cheval peut fréquemment tromper un novice par ses jolies épaules. »

Elle n'était de retour à la maison que depuis trois jours – voilà que la mère se mettait à s'insurger en son for intérieur – et déjà cette expression, comme s'ils l'avaient emprisonnée à vie, et déjà les mots qui sourdaient et les allusions... Irritée à présent, elle tapait impatiemment sur les têtes des mauvaises herbes. C'est à cause de sa beauté. Aucun de nous ne pensait qu'elle tournerait de la sorte, et si à présent l'été est assez bon pour rester à la maison, plus tard il lui faudra prendre le large et aller à la rencontre des remarques que les hommes laissent échapper à son propos sur son passage, et qui seront une nourriture suffisante. Ah, je sais fort bien ce que tu désires, pensa-t-elle sournoisement, et non sans reconnaître cette sournoiserie avec impatience, mais je suis ta mère et je t'en préserverai aussi longtemps que je le pourrai. Tu as dix-sept ans, tu peux fort bien attendre d'en avoir vingt pour connaître ce que tu désires et entendre les choses qu'ils auront toujours à dire sur ton visage et ta silhouette.

« Ton père... » commença-t-elle, quand soudain, comme réveillée de son rêve ambulant et poussant un cri en plein sommeil, la fille lança :

« Maman, regarde cet oiseau là-bas ! »

Un jour elles avaient suivi ce chemin-ci vers les enclos, c'était il y a environ deux ans, avant le pensionnat à Florence en tout cas, et c'était quelque chose d'autre qui les avait ainsi arrêtées net sur le sentier. Et la mère à présent, comme alors, de se retourner avec son sac de baignade à la main et le chapeau de marin identique (qui n'était peut-être pas le même d'été en été mais qui aurait pu l'être) qui abritait son visage de ce qui n'était pas tant le soleil ou même la lumière que la simple absence de pluie. Je ne peux pas regarder, je ne peux pas regarder là de nouveau, non je ne peux pas. Je ne peux pas supporter de le regarder, je ne peux pas regarder de nouveau, répéta la voix de Nan par-delà ces deux ans d'oubli, oubli de cette forme qui gisait sur le fond dans la boue.

« De quoi est-ce que tu parles, Nan ? » dit la mère sans que son ton ni son visage en fussent altérés, ni plus ni moins impatiente, avec exactement le même ton qu'alors.

« Maman, regarde, il y a un oiseau pris là-haut dans les arbres », répondit la fille, pensant : Il y a deux ans la chose gisait dans l'eau et je ne pourrais pas la regarder de nouveau. J'étais restée plantée à la dévisager jusqu'à ce qu'enfin ma mère tourne son visage vers le bas pour regarder, le bord du chapeau s'abaissant de telle sorte que je ne pouvais plus voir ses yeux, mais seulement ses narines blanchissant aux contours et sa bouche s'ouvrant comme pour proférer un son muet, avant de jeter son sac sur le chemin. Il nous faut le sortir vite, avait-elle dit. Nan, je vais descendre dans l'eau et l'attraper et si tu peux te saisir de ses bras depuis la berge pendant que je le pousse par en dessous nous devrions y arriver. Il a encore sa casquette, avait dit la mère. Maman, je ne peux pas, je ne peux rien faire, avait soufflé la voix de Nan, mourante. Je ne peux pas. J'ai trop peur.

Ainsi lentement, avec elle-même pour seul témoin car la fille accroupie sur le sentier s'était couvert le visage de ses mains, la mère avait retourné le corps, s'agenouillant toute habillée dans le courant tandis que l'eau froide coulait sur ses jambes repliées jusqu'aux hanches. C'est Sykes, avait-elle dit sans lever les yeux. C'est bien ce que je pensais. C'est Sykes. Il est mort. En ahannant sous l'effort, elle l'avait tiré sur les joncs et remonté sur la berge toute seule, se souvenait Nan, alors que j'étais prostrée ici à trembler et pleurer, et à essayer de ne pas voir. Mais j'ai vu quand même, car je me rappelle avoir vu sa tête tomber en arrière et frapper le ciment près du poteau de l'enclos, et sa pomme d'adam saillir brutalement plus haut dans sa gorge et s'arrêter là sans redescendre comme le ferait celle d'un homme en vie. Je me souviens d'elle disant il doit s'être noyé samedi soir (et nous étions lundi après-midi), ivre mort, peut-être après avoir bu avec ton père. Elle s'était levée et était restée debout à le regarder, et puis elle s'était penchée et avait tiré sur son visage la visière de la casquette à carreaux noirs et blancs qu'il portait. Ce n'était de toute façon pas un bon palefrenier, avait dit la mère en s'essuyant les mains dans son mouchoir. Cela fait deux jours que je croyais qu'il était parti de façon malhonnête mais voici qui était assez honnête, le vieux poivrot.

Tenant à présent son sac de baignade et explorant les arbres qui formaient un bouquet non loin dans la prairie, elle dit :

« Où ? Un oiseau pris ? Je ne le vois pas, Nan. Où ça ? » Parce qu'elle dut se retourner pour le chercher, elle avait à présent le dos tourné à l'endroit où s'étendaient les enclos au-delà du prochain méandre du ruisseau, masqué par les saules pleureurs, et c'était plus qu'il ne lui restait de patience, car elle avait déjà capté l'odeur des chevaux dans le vent. « Où diable peux-tu bien voir un oiseau pris ? » reprit-elle sur un ton presque irrité.

« Là », dit la fille, et la main levée était étroite et anguleuse, les doigts carrés avec des ongles courts, comme une main de garçon étrangement fixée à l'extrémité de ce bras blanc. « Il s'accroche à quelque chose dans l'arbre là-bas, ou bien quelque chose le retient prisonnier. Une main de personne active, non de rêveuse.

Les arbres qu'elles scrutaient étaient d'essences diverses, se dressant hauts et ravissants contre les cieux embrumés, leurs verts pâles et foncés, puissants et fantasques, s'agitant dans une brise qui n'effleurait pas le visage levé de la femme ou de la fille. À présent que la mère avait repéré l'oiseau en suspens, elles traversèrent le champ, empruntant côte à côte à travers les jeunes pousses d'herbes dressées le plus court chemin qui fût pour y aller. Il se pouvait qu'une poignée de graines, toutes différentes, aient été jetées, voilà des années, à cet endroit – chêne, frêne, hêtre, genévrier, sureau et leurs broussailles – et que cette île presque circulaire de mâts et de feuillages irréguliers, disparates, ait jailli là en pleine mer d'herbes. La mère et la fille ne parlaient pas en marchant mais observaient ces branches avancées du chêne où l'oiseau pendait, s'élevant et retombant.

« Il y a une corde à son cou », dit la femme juste au-dessous de lui à présent et laissant choir son sac.

« Ils ont essayé de le pendre ! » s'écria la fille en colère. « Des garçons, bien sûr ! Ils l'ont suspendu là simplement pour s'amuser ! »

« Idiotie », dit la femme. Elles se tenaient la tête rejetée en arrière, la mère plus grande, plus forte, leurs visages levés vers l'oiseau captif qui battait des ailes. « Il a la tête entortillée dedans d'une manière ou d'une autre. C'est une grive – une idiote de grive voleuse, sortie en quête de quelque chose pour son nid et voilà le pétrin dans lequel elle s'est mise. »

Comme elles se tenaient en dessous à l'observer, la grive agita furieusement ses ailes pour aller se poser sur une branche plus haute. Là elle s'arrêta, son bec s'ouvrant faiblement, l'œil brillant, blessé, désespéré, fixé sur elles. Au-dessous d'elle le fil qui la tenait attachée tombait en boucle, se balançant, ballant comme un hamac dans l'air délicat.

« Alors maintenant je suppose que tu vois dans quoi tu t'es fourré ? » lui lança la femme depuis le sol. « Tu vois ce à quoi cela mène d'aller rôder et fureter alentour au lieu de rester dans les bois où tu es né ! » L'oiseau restait immobile sur la branche, son bec comme ouvert de force, palpitant sous les feuilles comme un cœur affligé enrobé de plumes. « J'ai bien envie de te laisser comme ça là où tu es. » Et d'ajouter : « Il est trop haut. »

« Je peux grimper jusqu'à lui », dit la fille. « Je peux facilement l'atteindre. »

Elle se pencha et défit ses sandales, et puis les mains de garçon se levèrent pour se refermer sur la branche la plus basse du chêne et ses pieds s'envolèrent du sol. Les pieds nus gravirent rapidement le cuir du tronc et elle se mit debout dans la première fourche en ceignant d'un bras la circonférence de l'arbre. De la voir là, plus grande et plus dangereusement proche, l'oiseau battant des ailes tomba de nouveau de la branche et resta suspendu, cahotant à l'extrémité du fil, l'œil sur elle, brillant, vigilant. Ce sera comme d'avoir un papillon de nuit qui vole dans la chambre le soir, dit la fille en grimpant plus haut ; je vais sentir ma chair se hérisser dans mon dos et jurer de ne pas frissonner et je vais ramper glacée de terreur. Lorsque je l'entourerai de mes mains pour le descendre, il me faudra garder les yeux fermés, et même alors je serai incapable de supporter le contact de ses plumes frappant et s'agitant sur ma peau.

« Avance-toi le long de la branche vers lui de là où tu es », lança la mère. Son visage était levé et le bord mou du chapeau de marin retombait en travers de son front et de ses oreilles.

« Oui », dit la fille, sans bouger. « C'est ce que je vais faire. »

Ou le contact de ses pattes, je serai incapable de le supporter. Elles vont être froides, nues, intolérables, comme les doigts d'une bestiole malade ou d'un bébé mourant. Si je le touche je vais devoir l'étouffer de terreur, je vais devoir lui casser les pattes en deux, je vais devoir le faire. Elle s'accroupit un instant à la deuxième fourche avant de se lancer, ses doigts et ses pieds nus s'accrochant au cuir épais de l'arbre. Et maintenant, devant, elle pouvait voir comment le fil se trouvait enroulé autour de la branche et la fibre de celui-ci, comme une bonne ligne de pêche. Exactement comme du crin de pêche, pensa-t-elle, son regard filant continuellement du corps en suspens de l'oiseau battant des ailes au milieu des feuilles vers la délivrance au bout de la courbe du bois qui fléchissait lentement.

« Un mètre de plus et tu l'as », encouragea la mère, avançant à la même allure, prudemment, pas à pas, sur le sol en dessous d'elle ; et maintenant la branche ployait doucement sous le poids de la fille, en murmurant et en craquant tandis que la mère disait avec circonspection : « Va un petit peu plus loin et je pourrai alors l'attraper en levant les bras. »

« Ne le tire pas ! » dit la fille. S'arrêtant là, tapie comme un animal, les yeux écarquillés, elle comprit soudain. « C'est une ligne de pêche ! » Regarde ! Il a avalé le ver et l'hameçon... »

Elle se mit à débobiner de la branche le crin rompu, s'accroupissant sur ses pieds nus et tendant les mains, et voilà que maintenant la vie terrible, violente, acharnée, libérée de la ramure tirait sur le fil que ses mains tenaient, tentait de s'arracher comme un poisson pris à l'hameçon bondissant sous l'eau. Dans un instant il va s'arracher la langue et je vais devenir folle, pensa-t-elle, dévidant la ligne vers sa mère, et en dessous d'elle la femme dressait haut ses bras et levait ses mains vides.

« Est-ce que tu peux l'attraper ? L'as-tu attrapé ? » dit la fille, et elle ferma les yeux pour ne plus le voir et resta accroupie, aveugle, hébétée par le cauchemar de cette vie fragile et désespérée, essayant d'arracher, bec, serre, et aile, le fil qu'elle tenait entre ses doigts.

« Oui, laisse filer la ligne », dit la voix étouffée de la mère. « Laisse-la filer. Je l'ai. », et les à-coups cessèrent, s'arrêtant avec une soudaineté plus proche de l'extinction que de la délivrance, tandis que la femme le prenait dans ses mains levées.

La fille se balança de la deuxième branche à la première, et resta suspendue un instant à celle-ci avant de se laisser choir sur le sol. La femme le tenait serré, le bec grand ouvert entre ses doigts, tandis que de la main droite elle manipulait l'hameçon fiché profondément dans sa gorge. Pendant qu'elle opérait on pouvait l'entendre respirer par les narines et son visage était penché sur la grive, et c'était le visage que la fille regardait, non l'oiseau, tandis qu'elle se tenait à côté d'elle. Elle regardait la longue joue pâle et la position des lèvres, et elle disait, sans ouvrir les lèvres, Maman, tu peux toucher ces choses, tu peux toucher la mort et l'essuyer ensuite dans ton mouchoir et toucher la douleur sans reculer devant elle, mais tu ne peux plus me prendre dans tes bras et quand je suis avec toi j'ai peur. Maman, disait-elle en silence, sors de la pierre de ta chair et touche-moi aussi et vois comme je suis grande, mon œil presque à la hauteur du tien, et comme mes pieds et mes mains sont grands, tels ceux d'une femme. Mais la joue ne s'altéra ni ne se colora point, et la fille s'obligea à regarder alors l'oiseau. Un moment durant il n'y eut pas trace de sang, seulement la suffocation de la gorge et de la langue tendues, et puis soudain il sortit, fin comme du fil et foncé, et glissa sur la substance apparemment inerte du bec puis sur le coussinet du doigt de la femme qui le tenait grand ouvert.

« Voilà », et elle rejeta loin d'elle l'hameçon libéré et le bout de ligne de pêche puis leva l'oiseau plus près de son visage dans son poing pour examiner plus en profondeur les secrets désespérément défendus et trahis de sa gorge et de son regard. Et maintenant, œil à œil avec elle, il fermait violemment son bec sur le doigt, la minuscule tête plate se hérissant au sommet, le bec frappant et se fermant et frappant de nouveau érigé au-dessus du petit corps emplumé tenu en retrait, dans un paroxysme de haine.

« Que va-t-il devenir ? Sera-t-il capable de manger ? » demanda la fille dans un murmure, regardant, et pendant qu'elle le disait la femme ouvrit la main qui le retenait et l'oiseau peina bizarrement à s'élancer, les ailes humides de la pression moite de la paume et des doigts, un filet de sang noir lui zébrant le bec et la poitrine. Il ne s'envola pas tout de suite : il souilla d'abord la main de la femme, puis s'enfuit en tournoyant d'un vol incertain sous les arbres.

« Il ne peut pas encore voler droit », et elle se pencha pour s'essuyer la main dans l'herbe. « Peut-être est-il resté pendu là toute la nuit... »

Et alors comme si l'heure exacte de parler avait sonné, comme si c'était ce moment impromptu et peut-être précaire de tendresse et de fragilité ou de défaillance qu'elles avaient toutes deux attendu, la fille porta sa main à ses cheveux au-dessus de son front, évitant ainsi à ses yeux de la trahir :

« Maman, je veux savoir maintenant, je veux tellement le savoir, pour être sûre... J'ai essayé de te le dire depuis mon retour... Je veux savoir si toi et Candy me laisserez... Je veux savoir afin de pouvoir prévoir et parler et écrire des lettres à ce sujet... Je veux dire, si vous me laisserez repartir en septembre... nous sommes en juin, je veux dire dans environ trois mois pourrais-je... Pour étudier quelque part, bien sûr, pas seulement pour prendre du bon temps mais pour apprendre vraiment... »

La mère s'était retournée et penchée, et avait ramassé la tête en bas le sac de baignade là où elle l'avait laissé choir dans l'herbe.

« Où ? Où veux-tu aller ? » dit-elle ses mains tirant plus fermement sur les cordes du sac, le visage fermé sous le bord du vieux chapeau et ses lèvres sèches tremblant légèrement, sans élever la voix.

« Je pensais peut-être de nouveau à Florence mais pas... Je veux dire, je ne veux pas retourner chez Miss Easter... Je pensais... Tu vois, je veux peindre. Je pensais aller habiter chez une famille à Paris ou Florence ou quelque part dans ce genre et suivre des cours... Je veux dire... » Elle s'arrêta net quand la mère lui fit face, le menton levé.

« Nan, ne raconte pas de sornettes. Réfléchis à ce que tu dis. Une fille de ton âge dévoyée dans une cité. Tu ne tarderais pas à voir la sottise que c'est... »

La mère regardait de nouveau le ruisseau, le sentier, aux saules dissimulant au tournant de l'eau la vie qui s'étendait, si riche, si mûre, si odorante au-delà. Elle s'était mise en marche vers cela, laissant la fille derrière elle, le sac se balançant, s'échappant vers l'odeur du vent, les bruits et les trépignements innombrables, la substance et le cœur impatients des chevaux dans leurs enclos. La fille se tint en attente, tremblante, silencieuse avant de se mettre elle aussi en marche.

« Pas dévoyée », lui lança-t-elle. « Pas dévoyée, Maman », mais la douleur des sanglots qui lui montaient dans la gorge arrêta le son des paroles.

Chapitre 2

APRÈS qu'elle eut ouvert la porte et laissé pénétrer le soleil dans l'écurie, elle resta un instant à le contempler : sa tête était haute mais calme, ses oreilles en éveil, son flanc acajou luisait d'un éclat somptueux dans la lumière. De la pénombre des box elle entendait la voix du palefrenier, prodiguant, rassurante, des paroles d'apaisement à l'adresse des chevaux, elle l'entendait, aussi régulière que le murmure de l'eau, tandis qu'elle arpentait un par un les madriers arrondis et marqués par les sabots, vers là où le hunter se tenait debout derrière sa porte. Ses reins et son arrière-train luisaient, brillants et fermes, et il se tenait droit sur ses quatre jambes, sans un sabot levé, quoiqu'il semblât à l'aise. « Alors Brigand, espèce de fauteur de troubles », dit-elle à mi-voix, et celui-ci tourna la tête pour la regarder entrer et fermer le loquet derrière elle, puis il se déplaça d'un côté. Vers sa tête elle leva son bras nu et posa sa main, gantée, sous sa crinière.

À présent l'obscurité se dissipait, tandis que ses yeux accommodaient : elle percevait les nœuds dans les planches du box et dans une stalle voisine la jument, son épaule pommelée dans la plénitude de sa maturité, et les fils de crin blancs, comme ceux d'une sorcière, pendant sur le cou de la poulinière. « J'aime ce cheval, Apby », dit la fille, la main posée sous la crinière du hunter. Elle restait là, le regard plongeant dans l'obscurité en train de se dissiper vers la tête de la jument et le palefrenier accroupi invisible, répondant ainsi à son bonjour et à la basse continue de sa voix cajolante. Les fenêtres étaient ouvertes sur la longueur de l'écurie et l'aire était propre, traversée de myriades d'étincelles de lumière filant telles des avenues ensoleillées jusqu'au fourrage de paille d'avoine et frappant là, en embrasant les bottes comme une flamme. « Apby, je l'aime. J'aime la façon dont il est allé hier. C'est un bon cheval », dit-elle. Elle portait une culotte d'équitation, une vieille cultotte, trop étroite et reprisée aux genoux, et une chemise polo déboutonnée au cou. Les gants aux boutons manquants et au cuir marron se trouvant de blanc au bout des doigts étaient retroussés à ses poignets nus et battaient mollement à revers sur ses mains.

« Oui, Miss », dit le palefrenier, sans élever la voix, tout en continuant sa litanie. « Les abeilles grouillant toute la matinée les ont mis sur les nerfs. Y en avait partout sur les fenêtres et le bois. » Alors tais-toi maintenant, sois sage, là, tout doux, tout doux disait-il à la poulinière tandis qu'accroupi à côté d'elle il

maniait le rogne-pied sur son sabot non ferré. « Là-bas le mur en était noir, une couche épaisse », poursuivait-il sur le même ton bas, tempéré, charmeur. « Ils n'ont pas aimé ça, n'est-ce pas, lady ? Oh, pas du tout, ils ne les ont pas aimées. Je les ai chassées avec du soufre, en en faisant brûler ici et là dans des plats dehors et dedans. »
« Apby, qu'est-ce que vous en pensez ? » dit la fille. « Qu'est-ce que vous pensez de cet animal ? Il s'est avéré être à moi. » Elle restait le regard plongé dans l'œil à la fois sombre et clair, au cil épais, noir, semblable à une fougère, brossant l'air au bord de la paupière, et en elle le sang se réchauffa, la moelle fondit doucement devant la puissance du corps vif et délicat respirant à proximité. « Qu'est-ce que vous pensez de ce parvenu, de ce Brigand à la face osseuse ? » dit-elle. L'odeur de sa peau était douce et l'arche du cou se redressait ferme et charnue sous sa main.

« Je dirai qu'il a une bonne encolure », commença d'avancer avec circonspection la voix du palefrenier depuis le flanc de la jument. « Il en a pas mal sur le devant, et ça donne de l'allure à un cheval. Mais je n'aurais pas... »

« Il a une tête insensée, mon beau cheval », dit la fille avec amour, et elle tira doucement l'oreille gauche vers le bas pour se passer le bout de fourrure en pointe sur le visage. Et alors, comme si elle venait seulement de reconnaître les mots qu'avait articulés le palefrenier ou seulement d'en capter le sens sur quelque vague onde d'audition différée, elle s'arrêta net, regarda fixement par delà les cloisons de l'écurie la tête et l'épaule de la jument et le palefrenier invisible. « Mais vous n'auriez pas quoi ? » dit-elle. « Vous n'auriez pas quoi ? »

« Ce pourrrait être que je n'aurais jamais songé à le choisir pour un achat », poursuivit la voix du palefrenier. « Mais s'il a une face de cerf, aux dires de Mme Lombe, ça ne lui nuit en rien pour la monte. Personne n'ira lui réclamer rien d'autre, à ce que je comprends. » Il ne leva pas le regard, la casquette marron souillée baissée au-dessus du pied replié tandis qu'il opérait au côté de la jument, le même doux murmure d'apaisement lénifiant et chantonnant : « Sa tête peut bien se creuser vers le nez, cela n'a pas d'importance : aucun poulain n'en portera la trace. Quels que soient ses défauts ou ses qualités aussi, ça s'arrête avec lui et il n'arrivera rien de mal, du moins selon ma façon de voir. »

Elle se tenait la main en arrêt sous les poils noirs de la crinière immobile, le regard descendant, extatique, de la douce oreille tressaillante et du front passif le long des os du nez jusqu'au naseau, son propre œil sous l'emprise du rêve, à demi assoupi, à la hauteur de l'œil fier, doux et brillant du cheval. Voilà donc ce qu'ils pensent de toi, mon cheval, lui dit-elle en silence. Elle leva son autre main et effleura la large lame dure de la pommette. Non pas mon premier cheval, ni mon deuxième, ni même le troisième, mais mon cheval en manière de protestation cette fois, mon hunter en manière de défi ; non point de race et frémissant de nervosité de la crête jusqu'aux reins, mais mon monstre aux jambes osseuses à amadouer, auquel murmurer ; ma façon, à moi, solitaire, de soutenir mon père ; de maintenir l'essentiel de l'identité, de la révolte et de l'amour, jusqu'à ce que je puisse te voir comme l'oriflamme de cette victoire si peu violente : Candy et moi marchant bras dessus bras dessous dans une rue d'un autre pays, dit-elle, tandis que de sa main gantée elle lui frottait le cou sous l'épais poil luisant de la crinière. D'un doigt elle retroussa le velours de sa lèvre et regarda les dents supérieures dénudées, humant l'haleine chaude adoucie par le foin tandis que le coup de poignard de l'amour la transperçait. L'animal releva la tête, mais de manière docile, la narine s'évasant sèche comme de la soie rose, et les poils frémissant sur sa lèvre vulnérable non tachetée.

« Quel âge lui donneriez-vous, Apby ? » dit-elle, observant avec une fierté grave et passionnée la façon dont ses dents se joignaient de manière régulière, se touchant presque à la verticale l'une au-dessus de l'autre.

« Je lui donnerais cinq ans passés », répondit le palefrenier depuis l'autre box, et la fille leva un regard d'une acuité soudaine, et les oreilles de Brigand tressaillirent.

« Cinq ans passés ! » dit-elle. « Quelle blague, Apby ! Avez-vous pris la peine de le regarder au lieu de vous faire une idée sur son compte *a priori*... Voyez ici, ses dents latérales de devant ont à peine percé. Je dirais qu'il a à peine trois ans. »

« Au premier juillet je lui en donnerais vers les six », dit le palefrenier, sans que s'altère son ton paisible, obstinément apaisant. « Il perce sa canine et c'est ce qui vous a peut-être désarçonné », mais lorsqu'il l'entendit décrocher la bride de la patère il se leva dans le box de la jument. « Je vais vous le préparer tout de suite, Miss, si vous le sortez. »

« Non, je le ferai », rétorqua-t-elle sèchement. « Je ne vous vois vraiment pas du tout sachant vous y prendre avec lui, attendu le sentiment qui est vôtre à son égard. » Sa main gantée souleva les crins du cheval, libéra le toupet sur sa face et resserra les montants de la muserolle, s'activant en manière de blâme vif et opiniâtre. « Vous les laisseriez vous dire n'importe quoi et le croiriez, que ce soit vrai ou non », ajouta-t-elle. Un instant durant elle ne regarda pas par dessus le panneau du box vers l'endroit où se tenait le palefrenier, les bras courts pendant des emmanchures du gilet et les doigts émoussés, tout salis, tournant le rogne-pied en un geste d'humilité lent et tourmenté. Il vit le soleil venir par la fenêtre ouverte effleurer les cheveux de la fille tandis qu'elle relâchait la sous-gorge du cou du cheval : les soyeux cheveux noirs assez longs sous la vive lumière, le visage et la gorge au teint pâle ainsi que la couleur de la bouche, chaude mais blême, et il commença de dire en manière d'expiation :

« Ils sont capables de toutes sortes d'entourloupes que vous ne soupçonnez pas si vous ne voyez pas clair dans leur jeu. Les maquignons limeront la dent de sept ans et personne ne s'en apercevra s'ils dénichent un acheteur qui saurait pas. Il vous faut garder les yeux ouverts, je vous l'assure, vous ne pouvez croire personne, il vous faut juste être vigilant. » Il restait à l'observer depuis l'autre box en tournant dans ses doigts le couteau à rogner, comme si le seul fait de continuer à parler, quels que fussent les mots, suffirait à arranger les choses. « Le burinage est une autre entourloupe des maquignons », dit-il « Ils égaliseront les dents, en creuseront le centre et les nonciront avec de la soude caustique s'ils pensent que cela permettra de vendre un dix ans pour un six », et puis il ajouta de manière abrupte et pénible : « Je ne voulais pas vous offenser à propos de son âge, Miss », debout avec sa casquette en tissu marron posée devant derrière qui lui prêtait à présent l'air d'un rude gladiateur figé dans l'arène, sans char, désorienté, et désarmé. Elle leva les paupières et le regarda de ses yeux lourds hagards, comme dilatés par une drogue, à travers les barreaux rongés de la mangeoire, ses yeux à la substance transparente comme du verre dans la lumière du soleil et d'un éclat bleu glacier.

« Ça va », dit-elle, soulevant la selle. Elle se baissa pour la sangler, le palefrenier retourna à sa tâche et sa voix aux cajoleries, parlant à la jument ou à la fille ou à leur silence : C'est ainsi que j'en suis venu à le dire ou à le penser. Ou bien : Voici l'explication de la chose si vous la voulez et c'est la vérité, je le jure, les apaisant, les calmant, les berçant – et se berçant lui-même – au moyen de son faible murmure à demi dolent, tandis qu'il levait le pied antérieur de la jument sur son genou baissé.

Sellé et harnaché le cheval attendit pendant qu'elle déverrouillait la porte, puis fit demi-tour dans le box pour la suivre. Il se tenait la tête vers le bas et les rênes relachées sur le cou, mais les oreilles étaient dressées, ses sabots martelant bruyamment et de tout leur poids le plancher tandis qu'il avançait. Ses épaules tombantes ondoyaient sous la peau élastique aux reflets dorés, et sur le côté gauche de son cou sa crinière pendait sombre et luisante. À la porte de l'écurie la fille se tourna pour saisir les doubles rênes et les passa sur son bras ; lorsqu'elle souleva la poignée et repoussa le portail vers l'extérieur, la lumière du jour tomba comme un coin à travers l'obscurité.

« Apby », dit-elle, en regardant derrière elle, et le palefrenier se leva pour répondre « Oui, Miss », touchant sa casquette tandis qu'il se levait impuissant, désespéré dans le box. « Brigand est sous ma respon-sabilité à présent. Je serai là pour m'occuper de lui tous les matins. » Et le palefrenier répondit de nouveau d'un air désolé « Oui, Miss », et il effleura de nouveau sa casquette de ses doigts, et puis soudain il commença de dire : « Parfois même des vieux routiers du jeu commettent une erreur, comme un éleveur que je connaissais qui s'est fait avoir par les dents du coin. Vous les verrez percer aux environs de quatre ans et en allant sur les cinq, neuf fois sur dix ce sera, mais comme cette fois dont je vous parlais, c'était l'exception qui confirme la règle, comme on dit, et connaissant le cheval je savais quand il était né, un poulain bai on ne peut plus beau à voir... »

« Ça va », dit la fille depuis la porte, d'un ton toujours glacial, implacable.

« Ce Brigand-là, il a le genre d'air à briser une règle », insista le palefrenier, parlant plus fort comme si le simple son de ses paroles devait rectifier les choses quels que fussent les mots. « Quand M. Lombe l'a amené il y a un mois ou à peu près, j'ai tout de suite dit à Mme Lombe, j'ai dit que si jamais je voyais un cheval qui lui ressemblait... »

« Ça va », répéta-t-elle, sortant du rayon de lumière. Elle regarda le hunter choisir son chemin sur le seuil : « Ça va, Apby, je m'occuperai de lui moi-même quand je le ramènerai. Ne l'attendez pas », et elle ferma la porte.

*

Candy Lombe avait mis son feutre vert foncé et se regardait, le visage rondouillard, mou, luisant, les yeux gonflés de chagrin plongeant dans le long miroir du vestibule tandis qu'il en rabaissait comme il faut le bord ; la petite main à la chevalière rouge foncé resserrait la cravate sur laquelle les beagles couraient vers sa gorge ; le menton levé pour capter la lumière il lissait de ses doigts les poils courts de la moustache sur sa lèvre et humait les relents de lotion capillaire et de savon à barbe. Il avait quitté la maison dans l'après-midi accablé par le sentiment de sa malédiction, par le poison de l'injustice : sa vie était informe, aujourd'hui comme hier – et sa jeunesse, enfuie à présent, qu'avait-elle été sinon l'espoir d'un lendemain imminent –, et l'avenir sans surprise. Ses quarante-trois ou quarante-quatre ans (il ne pouvait ou ne voulait se rappeler le nombre exact) gisaient certainement depuis longtemps en fragments, mis au rebut sur une grève de l'espace ou du temps : vestiges d'une chose aussi irremplaçable que la vie, qui lui avait été donnée intacte et qu'il avait laissé choir, débris semés dans divers pays, avant même d'en comprendre la valeur ou de savoir qu'il en était le porteur.

Ah, le chagrin... le chagrin, il y en a deux sortes, pensait-il, allant seul plein d'amertume à travers les champs verdoyants de juin ; il y a celui que vous donnez et celui qu'on vous donne. J'en ai donné, donné sans compter, dit-il à la malédiction, au fléau, au tort de sa vie. Il y a plus de sainteté à donner qu'à recevoir, et donc j'ai donné. J'ai donné du chagrin chez moi jusqu'à l'âge de vingt ans pour la seule rude épreuve de l'art ; non pour le fait ou l'accomplissement de l'art, mais le massacre organisé de ce que les oisifs disaient n'être pas de l'Art, le Glorifié, l'Exalté ; j'ai donné du chagrin année après année pour le meurtre volontaire de ce qu'Ils (la famille) reconnaissaient comme confort telle une souris son trou par Moi (l'individu) qui devait (pour quelle raison, le temps ne l'a jamais élucidé) être sauvé de la médiocrité pour le couronnement des vastes et bruyantes acclamations finales. Je portais une blouse et un béret dans les rues de Montréal, jouai le personnage de Candy Lombe, par Dieu, et qu'est-il maintenant sinon un hobereau dans sa veste de hobereau anglais flânant dans la campagne coiffé d'un bon feutre, se racontant à lui-même qu'il allait prendre un croquis sur le vif, une vue d'ensemble au lieu d'un coup de pied au derrière pour ses quarante ans et quelques de soin, sans même plus faire semblant de transporter une boîte d'aquarelle ou une palette, des tubes et un chevalet, mais dehors, son pantalon de golf bien ajusté à ses chevilles et son cœur en lui putréfié.

Car personne ne m'a jamais fait comprendre que ça ne dépendait que de moi, et personne ne m'a jamais aidé dans cette voie ou ne m'a indiqué quoi faire, disait la mauvaise humeur, la récrimination que même la colère grandissante ne parvenait pas à ennoblir de chaleur ; étranger en Angleterre, indigent, peintre, chacun de ses états imposant sa ségrégation par rapport au pays, au statut, à la convention. Tout le monde la main levée haut et fort contre ce que je suis contraint d'être : intrus sur ce sol quand j'aurais dû rester chez moi et poursuivre dans la voie tracée par mon père (le visionnaire, le prédicateur), intrus dans la fortune d'une femme, même si je lui ai donné mon nom en échange, et, dernière intrusion timide et aujourd'hui abandonnée, intrus dans une carrière d'artiste. Moi, le peintre, dans la tradition de Goya, de Velázquez, dessinant au fusain dans les cours du soir, peignant des aquarelles de paysages jusqu'à trente ans comme un écolier, accrochant des petites toiles dans des pièces raffinées ornées de porcelaines à décor campagnard et de linge de table brodé à la main, articles tous à vendre, même les jolis pastels, tout a un prix pour les dames qui viennent prendre le thé. Moi, comédien, toujours incapable de mémoriser les vers que j'étais censé dire ou de reconnaître les répliques, mais essayant d'une manière ou d'une autre de prendre part à la représentation, effectuant mes sorties et mes entrées en rougissant, en bégayant, toujours à reculons et du mauvais côté de la scène.

 Le chemin dans lequel il s'était à présent engagé avait une haie sauvage qui poussait drue de chaque côté et des ornières profondes et déssechées. De longues herbes pâles surgissaient dans les croissants imprimés par les pieds des chevaux de trait sur la levée de terre centrale entre les chenaux durs comme de la pierre que les roues de leurs charrettes avaient creusés. Dans un moment il arriverait à la laiterie, non pas d'un coup mais en la découvrant fragment par fragment : d'abord, le mur bordé de mousse qui serpentait en bas, en méandres ininterrompus au-delà des troncs du verger, la lumière délavée des pierres comme de la chaux mais légèrement dorée, et après, l'éclair d'un chat blanc à la queue zébrée d'auburn par delà les bidons de lait posés debout pour qu'ils s'assainissent au soleil ; pas à pas, la scène familière trempée par la pluie apparaîtrait, à moins qu'elle ne chatoie dans un complet silence. Une image de carte postale ou bien encore, une photographie légèrement teintée, reliée par une cordelette en soie à pompons à un calendrier mural de l'année. C. Lombe, Esq., dit-il en s'approchant à pas comptés, transportant ses quarante-trois ou quarante-quatre années de protestation, de rêves, de réclamations, murmurés ou dits ou criés à tue-tête la nuit, vers cette scène dressée pour l'action encore en gestation, vers ce modeste amphithéâtre réduit au silence où le drame classique de la névrose pourrait se jouer jusqu'à la destruction ; Candy Lombe emmenant cet après-midi en ballade l'échec pas même colossal de ces années gaspillées, comme je l'ai fait hier après-midi et comme je l'emmènerai prendre l'air demain, à la manière dont vous sortiriez un cheval, deux heures de léger exercice par jour, afin de le fatiguer pour la paix de son corps et celle de son âme. Trompe les journées ainsi l'une après l'autre, comme les années ont été attirées dans un coin isolé d'où l'on ne peut entendre leurs cris, et tranche-leur la gorge, et jette-les, encore vierges, sur les tas de fumier, les raclures d'écurie, les déchets chevalins de cette contrée britannique. Elles ne sauraient puer davantage le sexe, les accouplements monstrueux et les mises bas plus brutales que des abattages que ne le font les haras.

Sous ses semelles il pouvait sentir les cicatrices que les fers des chevaux avaient laissées dans la glaise du chemin, leur forme emboutie dans le cuir de sa chaussure comme dans sa mémoire : les crampons, le biseau, la plaine, la chaussure Rodway. Nulle part dans cette contrée vous ne pouviez échapper aux empreintes des chevaux sur le sol, à l'odeur des chevaux, aux déjections des chevaux, aux clous de fers avec leurs têtes éclatées en bouton de rose, trouvés sur les routes et les chemins et disséminés dans les pâturages. Les chevaux tiraient des charrettes quand j'étais jeune, pensait-il, en marchant ; ils n'étaient rien pour moi, ni à aimer ni le contraire. Ils n'étaient pas le sel de la vie, ils ne représentaient pas l'ordre établi et moi je n'étais pas le proscrit de la société, rayé du commerce humain faute de nom convenable. Et maintenant, pour échapper à leur extravagante et sauvage possession, Candy Lombe, au lieu de signer des toiles, arpente un comté fétide, rance, vérolé et chamboulé par l'omniprésence des chevaux ; et le voici, mis au paddock à l'âge mûr, entravé sans avoir le choix du pâturage ni du

fourrage, bouclé et sanglé et hongré et s'empâtant dans le vent.
« Oh je plains tellement Candy, bien qu'il ait l'air d'un dandy », commença-t-il, inventant, à mi-voix. « Noire et blanche est sa veste de châtelain, et son machin truc chouette lui va bien... bon... Oh Candy, tellement je le plains, même si sa couleur est si... bien que son visage ait le teint frais du dandy. Ses cheveux et sa moustache sont taillés nets, mais des pieds des chevaux la vision le débecte. Je le PLAINS VRAIMENT TELLEMENT... ta-ga-da, ga-da-ga-da. Jeune il était et mince sa panse jadis, mais accoutrements et pouliches l'ont occis. Oh tellement je le plains... »

À présent le premier aperçu de la laiterie était visible à travers les pommiers et il cessa de concocter des vers pour contempler la toile de fond fleurie par petites touches ainsi que les propriétés familières sises à droite et à gauche. Voilà la scène, le joli décor rural, et aucun acteur encore sur les planches, aucun signe pour l'heure de crottin polluant le sol là où le chemin s'élargissait pour déboucher sur la cour de la ferme. Oh, Candy Lombe, il peignait jadis, se dit-il à lui-même, ce gentleman anglais oisif flânant vers la petite laiterie pittoresque en cet après-midi de juin. Mais toutes les louanges qu'il reçut furent faibles. Il pensait : si je m'arrête de dire cela je suis perdu, si je m'arrête de dire Oh, Candy Lombe, pensait-il les jours d'avant qu'il se mît à le faire... si je m'arrête de le dire, je vais voir la malédiction là devant moi, lestée et étouffée par la mort, aussi incongrue dans le soleil qu'un cadavre pendu dans ses vieux habits derrière la maison là-bas par le cou et qui se balance doucement, ou qu'un vagabond des chemins de fer gisant raide mort dans un wagon de pommes rouges. Oh, Nancy, Nancy, prête-moi l'oreille, poursuivit-il, comme on siffle dans le noir ; oh, hâte-toi vers ton père, ma chérie ! Oh, Candy Lombe sortit de chez lui, recommença-t-il d'un ton rapide, et il vit alors le premier mouvement de vie, furtif et vif : le chat blanc passant en éclair devant les bidons de lait redressés comme il l'avait fait hier après-midi, un peu plus tôt, au moment précis où, quelques mètres en arrière, il avait traversé l'herbe du verger. À présent, semblait-il, le prélude avait enfin été exécuté, et immédiatement les canards, propres et immaculés comme du lin, tournèrent en tanguant lentement au coin du bâtiment de la laiterie et se mirent en route vers l'abreuvoir.

Au bout d'un moment, toujours planté là dans ses knikerbockers gris et ses bas de laine soigneusement fixés, à regarder les canards se donner avec gravité du bon temps à la surface de l'eau, leurs becs plongeant et fouillant sous le bord, il entendit des sabots de cheval approcher. Il ne tourna pas la tête ni ne se lança dans des conjectures, mais resta les mains dans les poches de sa veste, les pouces manucurés avec soin sortis, le bord du chapeau élégamment rabattu, l'air d'observer les canards quoique ne voyant peut-être rien hormis la vision de sa jeunesse perdue, corrompue, ou n'entendant que le bruit de son désespoir. Mais quand le cheval fut derrière lui et que le cavalier tira les rênes, il sursauta et se retourna d'un air coupable, son bras droit involontairement levé, en partie en un geste de salut, en partie pour se protéger de l'irruption intempestive du réel, ou échapper à la vue de qui d'aventure l'avait pris, au dépourvu.

« Salut, Candy », dit Nan sur le dos du cheval, et voici que leurs yeux se croisaient au-dessus de l'épaule acajou, les mêmes yeux merveilleusement transparents, à la nonchalante coquetterie, mesurant de manière plutôt craintive la déclivité de la monture au sol, sourire aux lèvres tous les deux.

« Tiens donc, salut à toi, Nancy », lança le père avec sa jovialité américaine et excessive qui, du malaise et de l'hésitation, ne cherchait à voiler, dissimuler, cacher que la timidité de l'âme.

« Je te cherchais », dit la fille. « Je l'ai conduit ici en pensant t'y trouver. »

« J'ai pris l'habitude de venir faire un tour à pied ici l'après-midi », enchaîna-t-il sur un ton aimable plein de gaieté, un peu comme s'il cherchait à lui cacher une raison de sa venue. Il posa une main sur l'épaule du cheval et leva le regard vers elle de sous le bord élégamment plongeant de son feutre. « Ça m'éloigne du haras », dit-il, sa petite bouche se mettant à rire sous sa moustache. « Je trouve que ça ressemble plus à la campagne par ici et moins aux affaires. Personne ne fiche rien, pas même les canards. » Il lui souriait en avançant cette petite justification, cette petite réserve empressée entre eux, comme si elle était une dame qu'il venait de rencontrer pour le thé. « Je flâne sur les boulevards[1], pour ainsi dire », ajouta-t-il. Lorsqu'il tendit la main pour tenir les rênes pendant qu'elle descendait, elle l'arrêta :

« Ne le tiens pas. S'il te plaît, ne le tiens pas. Il ne bougera pas. »

« Tu ne l'as monté que deux jours », dit Candy, mais il retint son geste de manière hésitante et la regarda glisser à terre.

« Il a été très bien dressé, ton cheval », remarqua-t-elle. « Quand je monte en selle il reste sans bouger le moindre muscle pendant que j'ajuste mes rênes ou mes gants ou que je sangle ou traficote les étriers. » Elle ramena les rênes en avant par dessus la tête du cheval et les enfila sur son bras. « Nous avons fait des exercices au trot cet après-midi : le huit de chiffre sur une seule piste et des pirouettes et le demi-tour. Nous nous entendons très bien. » Ils marchaient côte à côte, dépassant le bâtiment de la laiterie, la fille devant le cheval qui la suivait docilement et l'homme les mains dans les poches de sa veste. « Seules les voix l'inquiètent un peu. Il les aime douces et basses, comme toi. » Leurs yeux coulissèrent de nouveau l'un vers l'autre,

---

1. En français dans le texte (NdT).

et le père rit. « Il a bronché deux fois – face à une barrière et devant un arbre là-bas, une minute avant la laiterie. Je lui ai dit que je ne voulais pas de ça. »

« Écoute voir », dit Candy. « Je ne veux pas qu'il te cause des ennuis. » Elle était de nouveau là, la menace, le danger des chevaux, la promesse monstrueuse de mutilation dans leurs os et leur peau, le mal même fatal qu'ils pouvaient entraîner pour la paix, sonnant l'alarme de nerf en nerf et le donnant à lire dans l'agitation de son visage. « Écoute donc, Nancy, je veux que tu sois prudente avec lui. »

« Ce n'est qu'un jeu auquel il aime jouer », dit-elle. « Il a feint de ne pas pouvoir bien apprécier la barrière et donc il a refusé l'obstacle. Il a dû voir d'autres chevaux le faire, tu sais, et penser que c'était malin de les imiter – tu sais, à la manière dont les écolières, je veux dire certaines, tu sais, la manière dont elles imitent des actrices de cinéma qu'elles ont vues... »

« Les stupides créatures », remarqua Candy d'un ton sévère.

« Ah, ne ris pas », dit la fille, et le cheval suivait toujours d'un air doux, soumis. « Il est à la recherche de sa personnalité, tu sais, comme on le fait quand on est jeune. On ne peut pas toujours décider si vite qui on va être. Quelquefois il joue à être entêté et il va à la façon dont il a dû voir les chevaux de race le faire. Mais cela ne veut rien dire, c'est en réalité plutôt idiot de sa part. En montant la colline il s'est arrêté de marcher et a regardé fixement un bouquet de renoncules comme s'il n'avait jamais rien vu de tel auparavant, ou peut-être comme s'il ne les voyait pas *vraiment*, et puis il s'est simplement remis en marche et je n'ai rien pu en tirer. Mais en réalité, je veux dire, en réalité il a horriblement peur de déplaire. Tu peux voir rien qu'à le regarder qu'il est très vaniteux », dit-elle.

« Oh, vraiment ? » dit Candy, observant le cheval qui suivait par dessous le bord de son chapeau. « Bon, sauf ton respect, Nancy, où … »

« Ah, ne te moque pas de lui ! » dit-elle d'un ton soudain peiné. « Tout le monde le tourne en ridicule et se raille de lui comme s'il était le marginal de l'écurie simplement parce qu'il ne peut pas procréer ou pouliner ou qu'il n'est pas un poulain, ou qu'il n'est pas à dresser, bref qu'on n'attend rien de lui ! À part d'avoir l'air d'un idiot et fainéanter, mais je ne croyais pas que ce serait le sentiment qu'il t'inspirerait... »

De son bras, sous sa manche à motifs noir et blanc, il crocheta le coude nu de celle-ci et l'attira contre lui jusqu'à ce qu'il sentît les côtes et le sein sous le polo bouger contre son habit de hobereau, marchant du même pas qu'elle et en silence, la petite hanche aiguë de la fille bougeant contre sa hanche épaissie.

« Nancy, je suis désolé. Je suis désolé d'avoir dit cela », dit-il. « Ce n'est pas ce que je voulais dire. » Un marginal et un idiot et une vieille carne comme moi, pensa-t-il, en proie, pour punition, à un amer sentiment de culpabilité. Ainsi continuèrent-ils à marcher un moment dans les festons d'ombre et de soleil, d'ombre projetée par l'arche dense des arbres et de soleil pâle dans les espaces ouverts ; chacun songeant au cheval, non tel qu'il avançait derrière eux au bout de ses rênes relâchées, mais transformé en symbole de deux interprétations différentes et de deux désespoirs isolés. « Cet après-midi, dit le père, je pensais aux chevaux. Tu as été élevée sur ces brutes mais pas moi. Je n'ai jamais eu de cheval dans mon environnement, sauf tirant un chariot de lait ou un tram, quand j'étais jeune. Peut-être que je pense encore aux chevaux comme alors, sans savoir que j'y pense de cette manière, comme quelqu'un qui a tout l'équipement prêt et qui a promis de partir à la chasse au gros gibier quand il pense au gibier, tu sais, les éléphants et les lions et tout ça. Je veux dire, bien sûr, quelqu'un qui n'aime pas la chasse au gros gibier ou le gros gibier ou qui n'aime même pas tirer. Ou quelqu'un qui n'aime simplement pas penser aux lions, aux éléphants et aux autres gros animaux sauvages et qui préférerait penser à autre chose. Bon, voilà », dit-il, esquissant un sourire gêné sous sa moustache. « Ainsi je dois m'en tirer en plaisantant sur les chevaux. Si je ne plaisantais pas sur eux, je devrais me lever et en enfourcher un, alors que je n'ai jamais aimé me trouver à proximité d'eux. Je leur suis grimpé dessus pendant presque vingt ans, et je les respecte, ils se situent très haut dans mon estime, et je pense qu'ils ont toutes les qualités que les autorités chevalines proclament qu'ils possèdent. Mais je n'aime pas avoir trop affaire à eux. J'aime bien regarder une bonne course de cross ou un steeple-chase et miser de l'argent dessus, mais je n'aime pas avoir des démêlés avec eux. Peut-être est-ce parce que cela ne m'intéresse pas de leur montrer, tu sais, à eux ni à qui que ce soit, que je suis le maître. Je n'aime pas forcer quoi que ce soit à m'obéir et voilà donc pourquoi je n'aime pas devoir aller dans leurs écuries, ni trop les fréquenter. Ce gars qui avance ici derrière nous ne me dérange pas car il n'est pas arrogant comme la plupart, mais je n'irais pas m'écarter de ma façon de voir... »

« J'ai rencontré un homme l'hiver dernier », dit la fille, le bras de Candy crochetant le sien tandis qu'elle marchait, ses yeux regardant le sol. « Il a été élevé avec eux, comme moi. » Ils continuèrent bras dessus bras dessous, silencieux durant un petit bout de chemin encore, tandis que le cheval suivait au bout de ses rênes. « Aux thés du mercredi de Mme Paddington à Florence, je l'ai rencontré là », reprit-elle au bout d'un instant. « C'était un Irlandais... d'une vingtaine d'années ou à peu près. Ses parents élevaient des hunters et sa mère avait l'une des meilleures assiettes en Irlande, elle était l'une des grandes dames de la chasse à courre... tu sais, il ne le disait pas pour se vanter mais comme une plaisanterie », ajouta-t-elle, jetant un coup d'œil rapide au profil de son père. « En fait, il ne supportait pas de chasser. Ça le rendait malade. Et j'ai su que c'était ce que je ressentais aussi, après qu'il l'eut dit, sauf que je n'avais jamais été capable de l'expliquer auparavant. Il était parti de chez lui à la suite d'une querelle, je pense, ou je ne sais quoi, mais en tout cas il ne pouvait pas supporter l'aristocratie férue de chasse à courre dont il était issu. Il écrivait un livre sur elle. C'est l'un des premiers écrivains que j'aie jamais rencontrés », dit-elle.

Bras dessus bras dessous, pas après pas, ils marchaient ensemble, et les yeux du père glissant sur le côté voyaient la chair tendre de son cou, et le lobe de l'oreille pâle comme du corail, et la tempe vulnérable où la vie palpitait de visible et d'exquise manière. Il prit soin d'adopter un ton d'une insouciante gaieté afin de ne pas la dissuader de poursuivre.

« L'a l'air d'un genre de gars intéressant », dit-il, s'éclaircissant la gorge et le regard baissé vers le sol.

« Candy », fit la fille d'une voix vive, douce, ardente, mais elle ne tourna point la tête. « Je veux y retourner en septembre. Je ne veux pas dire retourner chez Mme Easter, mais à Paris ou quelque part ailleurs. Je veux faire quelque chose. Je dois faire quelque chose. Je ne peux pas rester ici. Je veux dire, je veux continuer à étudier la peinture ou l'art ou peut-être la sculpture et je pensais qu'après un bout de temps je pourrais être à même de gagner ma vie et qu'alors je ne serais pas obligée de rester toute l'année ici. Ce n'est pas... », dit-elle, sans lever les yeux du chemin, mais en la regardant défiler régulièrement sous leurs pieds en mouvement, « je veux dire, cela n'a rien à avoir avec... avec le fait de ne pas t'aimer ou de ne pas aimer qui que ce soit, mais dans les villes et dans d'autres endroits, tu sais, il y a des gens partout dans le monde, je veux dire comme cet Irlandais, qui disent des choses différentes tout le temps et ici personne ne les entend les dire et... »

« Nancy », dit le père d'une voix tendue, faible, mais d'une insouciante gaieté. « Je suppose... c'est-à-dire, si c'est vrai je pensais que tu aimerais peut-être juste le dire... je suppose qu'il est possible qu'il t'ait plutôt plu ? »

« Oh, non », dit-elle précipitamment. « Ce n'est pas ce que je voulais dire. Je ne l'ai vu que deux ou trois fois après cela. Il n'est pas resté longtemps à Florence. Il était en partance pour l'Espagne. » Bras dessus bras dessous ils regardaient le sol défiler sous leurs pieds, le chemin glissant en arrière et s'évanouissant dans l'ombre et la lumière, sous les arbres, tandis qu'ils marchaient, petits, dotés de voix humaines et de membres humains sous le jaillissement des hautes ramures fraîches. « Il allait s'embarquer pour là-bas afin de lutter contre Franco, mais il ne pouvait pas le dire aux Italiens. Ici tu n'aurais connaissance de personne qui fasse quoi que ce soit de semblable, n'est-ce pas, Candy ? Ou si tu le lisais dans le journal tu n'y prêterais pas attention, car tu n'aurais pas le son de la voix de la personne ni l'expression de son visage. »

« Non », dit Candy, serrant fort son bras dans le sien. « Non. Je sais. »

« Ainsi je pensais que si je pouvais faire quelque chose, faire un genre de travail, je veux dire d'abord apprendre à faire quelque chose, comme peindre, à la façon dont tu l'as fait », poursuivit-elle, regardant le sol défiler. Et comme moi, pensait-il, apprendre à attendre seul dans une pièce, face à une toile blanche et à un carnet comportant une esquisse ou deux, les pinceaux propres, les peintures prêtes, la lumière bonne, le chevalet en place, et rester assis là sans faire la moindre marque, et craignant d'en faire une, immobile, craignant, impuissant, de penser autant que d'agir. Apprendre à rester assis, paralysé de terreur devant rien, apprenant, à la façon dont un condamné apprend par cœur les mots de sa sentence, le vide de sa propre indécision et le caractère insaisissable de l'idiome, de la prononciation, du son même de sa propre intention creuse. « Ainsi je pensais, si je pouvais retourner là-bas, je veux dire à Paris ou Rome ou ailleurs en septembre », disait-elle, et il continuait en silence : Sans jamais pousser des cris de protestation ou basculer dans la vengeance, puis lentement, mollement, se diriger nonchalant vers le premier verre de consolation puis le deuxième, jusqu'à ce que la Boisson elle-même devienne la chose à attendre dans le vide de la pièce et de l'âme, et non la visitation de la pure et parfaite essence de l'Art que promettait la jeunesse. « Je pensais que cela pouvait se décider maintenant de façon à ce que je sache », disait-elle, « comme cela je pourrais tenir le coup ici cet été sans… »

La route défilait lentement derrière eux à travers lumière et ombre, ombre et lumière chatoyante d'après-midi, répandue en arrière sur les ornières et la pierre à peine recouverte tandis qu'ils marchaient la tête baissée, la même chair et le même sang à la même élégante et belle allure, les mêmes yeux ivres de rêveurs la regardant fuir interminablement sous leurs pieds.

« Oui, c'est ce que j'ai dû ressentir », dit le père. « À peu près à ton âge – il y a presque trente ans, peut-être vingt-sept ou vingt-huit ans de cela… »

« Je pourrais trouver une chambre dans une famille, ou habiter dans une pension », dit la fille. « Comme cela vous ne seriez pas inquiets pour moi à cet égard. Tu pourrais m'accompagner, Candy, et me trouver les bons cours à suivre, et rencontrer les professeurs et trouver pour moi l'endroit où me loger. » Elle parlait plus vite à présent, son souffle s'accélérant, comme si le nom des rues, la taille de la pièce, les ustensiles de l'art lui-même allaient être désignés incessamment si elle arrivait à rejoindre l'endroit où ils étaient. « Tu pourrais même, Candy, trouver pour moi ce que je devrais faire », dit-elle, et sa bouche tremblait.

« Oui », dit son père, serrant le bras nu de sa fille dans la saignée de son bras, ses doigts reposant sur le poignet de celle-ci. « Il te faudra dénicher quelqu'un d'excellent ; tu ne dois pas avoir quelqu'un d'imprécis pour t'enseigner les choses qu'il te sera nécessaire d'apprendre. Tu sais, l'os est là, la structure est là », dit-il d'un ton gai, ses doigts lui modelant le poignet là où le pouls battait léger et rapide dans les veines. « Le vieux squelette est là sous le reste ; sous toute la fantaisie et le vague tu dois sentir à la fin qu'il est là et comprendre comment il s'articule et comment il bouge. C'est ce à quoi je n'ai jamais assez prêté attention, Nancy. Peut-être est-ce la raison pour laquelle je n'ai jamais réussi. » Il jeta un coup d'œil rapide, gêné, au profil de son visage, puis détourna le regard, pensant : Peut-être qu'il est déjà trop tard, peut-être qu'il n'y a plus rien à lui cacher à présent. Depuis qu'elle a été à même de penser par elle-même, peut-être qu'elle s'est couchée le soir dans son lit en sachant ce que je suis mieux que je ne l'ai jamais su moi-même, me voyant plus lucidement, songeant à cette aquarelle accrochée dans le vestibule du haut et à celle du salon de réception derrière la porte, et sachant exactement sans que personne le lui dise. Tout fort il dit avec la hardiesse de la timidité et de l'embarras : « Il te faut aller droit au fond des choses dès le début si tu veux arriver quelque part. J'ai essayé trop de choses,

me suis intéressé à une seule phase de chacune... tu sais, ai expérimenté une chose après l'autre, et parfois cela ne te mène à rien. J'aurais pu faire beaucoup de choses si j'avais maîtrisé quelque chose de sûr au démarrage. J'aurais pu peindre de bons tableaux... »
« Tu es un grand peintre, Candy », assura la fille avec gravité.
« Oh, non », dit-il, fixant la route, et ses lèvres esquissant leur petit sourire nerveux. « Oh, non. »
Un moment durant ils avaient oublié le cheval, entendant sans l'entendre le lent et léger bruit de ses sabots derrière eux, mais voilà que les rênes se tendirent sur le bras de la fille et elle s'arrêta pour regarder en arrière vers là où le cheval se tenait à l'arrêt. Il avait la tête relevée et légèrement tournée d'un côté, et lorsqu'elle prononça son nom, il la secoua doucement, puis sauvagement, comme désorienté. Il demeurait figé au bout de ses rênes, comme une bête qui, arrivée au bord de l'eau, ne veut pas traverser, les pieds antérieurs plantés en avant de son poitrail luisant, les sabots mordant dans la terre pour l'équilibre. Il n'avait pas encore commencé à battre en retraite mais demeurait, ses jambes s'écartant de plus en plus, le col luisant cambré en arrière, voluptueux comme celui d'un cygne, et la tête levée s'agitant, doucement, doucement, comme s'il cherchait à rejeter un masque inconnu et désespéré de confusion.
« Brigand », dit la fille d'une voix douce, tirant sur les rênes. « Brigand, espèce de bêta, du calme, tiens-toi tranquille. »

Elle s'était tournée vers lui et se mit à marcher dans sa direction, mais une fois que les rênes se furent détendues il chancela lentement, à vous donner des haut-le-cœur, en arrière sur ses talons, désormais sans lien avec l'ascendant humain et la corporéité humaine, titubant sans maître, égaré sans cavalier dans les étendues obscures et incommunicables de sa douleur.

« Prends garde ! » s'écria soudain le père. « Écarte-toi de lui, Nancy ! » Elle vit celui-ci bondir en avant, le visage et les lèvres livides, et tenter de lui arracher les rênes de sa main ; le cheval tournoya de panique et tituba vers le fossé et les arbres, hésitant, comme s'il sentait là le danger sans le voir, et s'arrêtant tremblant sur le bord. « Ne reste pas derrière lui ! Il peut se mettre à ruer Nancy ! » lança Candy. « Il a eu une attaque ! Fais attention à lui ! Il va tomber ! »

« Tais-toi », dit-elle avec sauvagerie. « Tais-toi, oh, tais-toi », lança-t-elle à l'homme, à la bête, à la terreur qui paralysait leurs os. Elle était de nouveau à la tête du cheval, ôtant des rênes les doigts agrippés tremblant de l'homme. « Tais-toi, arrête, écoute-moi donc », répéta-t-elle, et au son de sa voix la tête du cheval vira bizarrement mais l'air docile, désespéré, vers elle, les antennes vulnérables des oreilles frémissant, la face levée défaite, désorientée, aveugle, muette. « Tais-toi donc, tais-toi donc », debout bras nus, tête nue entre la terreur mutuelle de l'homme et du cheval et la terreur de ce mystère violent, puissant, non enrayé, qui avait frappé telle une paralysie d'une main aussi insensible que de la pierre et pouvait ressurgir et frapper devant eux. « Tais-toi donc », dit-elle, et elle abaissa lentement la tête du cheval et, parlant, glissa ses doigts gantés sous le frontal et le toupet de poils noirs. Le cuir du gant se retrouva mouillé, noirci comme par le contact du sang, et la fille resta à le regarder. « De la sueur », dit-elle à mi-voix, contemplant sa main. « Il n'a pas couru et pourtant il transpire à ce point… »

« Nancy », dit le père, se passant la langue sur les lèvres. « Nancy, pour l'amour de Dieu, laisse-le aller. »

« Il s'est pris un coup de fièvre, voilà ce que c'est, mon agneau, mon agneau », dit-elle, tenant ferme sa bouche molle et sa tête dans les rênes prises sous son menton. « Il s'est rongé et rongé les sangs à propos des vers ou en pensant à son arbre généalogique », dit-elle, caressant l'arête nasale osseuse, telle une proue, pensant : Dans un instant Candy va peut-être se mettre à crier de nouveau, ou ce qui a frappé une fois frapper plus fort comme une cravache brisant le crâne et la fibre en travers de l'os frontal. « Il a trop mangé, mon cheval, et il s'est donné le vertigo, voilà ce que c'est. Il s'est pris une crise et il aimerait boire de l'eau, voilà ce qu'il aimerait », poursuivit-elle, songeant : Je dois continuer à parler pour qu'il n'y ait de temps pour rien d'autre, ni de place pour aucun autre bruit, je dois continuer sur ce ton car c'est le ton qui lui parle. « Alors maintenant on va rentrer tranquillement car rien n'est arrivé à mon gros bêta, nous lui donnerons juste du sel et un seau d'eau tiède pour le soulager et nous lui frotterons le ventre et le bouchonnerons avec un peu de paille... »

« Nancy », dit le père, d'un ton calme à présent, non d'une voix dont la peur avait disparu mais dans laquelle plus d'effroi que de peur était restée. « Regarde-le attentivement, Nancy », murmura-t-il. Il cherchait quelque chose dans sa poche et la fille détourna son regard de lui, s'interrogeant, pour le lever une fois de plus vers la tête du cheval. Le tenant sous la lèvre molle tremblante, elle regarda le front osseux et le toupet moite et les oreilles tressaillantes à l'affût ; regarda les salières, palpitantes et semblables à des trous, au-dessus des yeux, puis s'attarda sur les yeux eux-mêmes, fixes et d'un marron brillant avant de descendre la pente raide jusqu'aux naseaux concaves, dilatés, contractés par la douleur.

« Regarde ses yeux, Nancy », dit Candy, qui avait trouvé la boîte d'allumettes et la tenait dans sa main, ses doigts tremblant encore tandis qu'il frottait le fragile bâtonnet contre le côté de la boîte et protégeait la flamme au creux de sa main de la brise sous les arbres. Quand il leva son bras le cheval ne broncha pas, et tandis que la flamme s'élevait dans la main du père, la fille se mit à parler de nouveau par précaution, murmurant de cette voix incessante d'une douceur apaisante :

« Donc sa mère doit juste le ramener à son écurie et le rafraîchir et lui mettre de la paille sous sa couverture et bien le bouchonner et le sécher et lui donner... »

« Regarde-le bien », dit Candy d'une voix douce, et alors la flamme de l'allumette, rendue chétive par la lumière du soleil à travers les feuilles mais brûlant sans faillir, arriva au niveau de l'œil du cheval et s'arrêta, et celui-ci n'offrit aucun signe de réaction. « Il ne la voit pas », dit le père, frappé d'effroi, respirant à peine. « Il ne sait même pas que c'est là. »

Chapitre 3

« JE SAIS que nous en avons vu de toutes les couleurs », disait la mère, assise les genoux bien écartés pour que sa jupe en tweed mouillée de pluie sèche, leur parlant tandis qu'elle fumait une cigarette, mais d'un air à demi songeur, se prêtant à ce commerce avec d'autres êtres humains, sans perdre de vue sa grande et méticuleuse machination, le regard absorbé par le feu dans l'âtre. « Nous avons été de surprise en surprise dès l'instant où nous avons mis le pied sur le rivage. En premier lieu, personne ne nous avait donné l'ombre d'une idée que nous allions être cousus dans nos vêtements... »

« Ha, ha », retentit le rire gêné du vétérinaire, et peut-être parce qu'il aperçut ses bottines en dessous de lui sur le tapis toutes crottées par la boue de l'écurie et du chemin bien qu'il les ait essuyées sur le paillasson devant la porte, il changea de position d'un air misérablement gêné sur le bord de l'antique fauteuil au capiton miteux. « Ma foi, je crois volontiers que cela a dû être un choc », dit-il, et les yeux pâles aux cils fins cherchèrent désespérément du réconfort à la ronde dans la pièce.

« Je dois reconnaître qu'aussi longtemps que je vivrai je ne l'oublierai pas », dit Mme Lombe. Elle détacha son regard de la contemplation de cette autre chose, de cette chose non-dite, et continua de parler avec légèreté de leur voyage, dont le vétérinaire avait déjà dû entendre le récit à d'autres moments, dans le box ou l'enclos, ou assis comme ceci dans cette pièce. « En tout premier lieu, ils nous ont emballé les pieds et les jambes dans de la paille », dit-elle, « et ensuite cet arrangement vestimentaire que chacun de nous devait mettre était remonté sur les trois couches de laine autour de nos corps et de nos bras... » Elle discourait en effectuant les gestes, la bouche ouverte, les mots affluant avec rapidité, d'une manière presque joyeuse ; il n'y avait que quand elle levait le regard vers les visages de son mari et de sa fille, que l'irritation s'aiguisait dans ses yeux fatigués, impatients. Voilà la façon de faire face, les membres à l'aise dans une jupe en laine et la cigarette ordinaire, désinvolte : si vous devez affronter la vérité en face pour une fois dans vos vies, acceptez-la comme ceci, le menton levé et pavillons haut ; ne restez pas prostrés là, à en faire une tragédie. Mais les yeux profondément cernés d'un désir implacable comme l'intolérance savaient, et savaient avec amertume et irritation, l'inutilité de leur demander cela ou quoi que ce soit de raisonnable. Ils étaient assis là sur le divan, un peu en retrait, le père et la fille directement en face du feu, au-delà de l'intervalle du tapis et de la table, sans paraître le voir ni paraître entendre ce qui se disait. « Et puis ils nous ont cousus dans tout cela jusqu'au cou », continuait-elle de raconter au vétérinaire, le jeune homme blond à la peau irritée qui était assis les bras en appui sur ses genoux et le menton dans ses paumes, ses gros poignets maladroitement joints. « Cousus pendant trois semaines », dit-elle en grognant d'amusement de leur propre audace. « Trois semaines de ce régime ! C'est une expérience qu'il faut avoir faite, je vous l'assure. »

« Dieux du ciel, trois semaines ! » fit écho le vétérinaire d'une voix devenue haut perchée et malséante dans cette tentative d'affabilité mondaine. Il jeta plein d'espoir un coup d'œil en direction de M. et Mlle Lombe pour voir s'ils se mettaient enfin de la partie, mais à la vue de leurs visages, une fois de plus, il détourna rapidement le regard. Il passa une main sur la légère barbe de son menton déformé et fendu et déglutit, pensant à présent comme il n'avait cessé de le faire que ce n'était pas pour entendre des histoires sur l'endroit où la famille était allée un printemps qu'il était venu, mais pour voir le hunter, et qu'il l'avait vu, qu'il leur avait dit l'acte à effectuer, lequel était toujours là inaccompli. Ils étaient assis ici tandis que, dehors, la pluie tombait, à parler de la Finlande, ou silencieux, sans en venir le moins du monde au fait.

« Bien sûr, nous avions emporté là-bas toutes sortes de vestes et de trucs chauds, mais on nous a dit de ne pas les prendre. On nous a dit qu'il n'y avait aucune raison de les sortir de nos boîtes, et de les laisser là, à l'hôtel, tels quels jusqu'à ce que nous rentrions. » Elle répéta le mot hôtel en signe de dérision soudaine, relevant de nouveau brusquement sa tête du feu pour offrir à tous le même regard bizarre, impatient, d'admonestation. « Hôtel, s'il vous plaît », reprit-elle. « C'était un endroit lamentable, comme vous pouvez l'imaginer, et, même pour cette partie du monde, aussi infect que possible. Mais c'est ainsi qu'il l'appelait, par souci des apparences, je suppose, et c'est là que nous avons laissé toutes nos affaires, et je dois dire que je suis restée songeuse. M. Lombe et moi nous avons bien ri à ce sujet », dit-elle et elle laissa tomber sa cigarette dans le feu avant de secouer les cendres de sa jupe. « Nous ignorions totalement si nous reverrions un jour nos affaires, mais telle était apparemment la marche à suivre. Heureusement pour nous, il y avait d'autres Anglais dans le groupe, qui nous ont dit qu'ils avaient entendu raconter par des amis qui étaient allés en Finlande que c'était toujours ainsi que ça se passait. Et puis le matin il y avait un autre choc qui m'attendait », poursuivit-elle. « Ils présentèrent le renne et je n'avais vraiment aucune idée, à en juger d'après les peintures et les photographies auxquelles l'on prête plus ou moins d'attention, vous savez, je n'avais simplement pas imaginé un instant qu'un renne aurait à peu près la stature d'un danois de bonne taille. Je me les étais toujours figurés comme des animaux à l'allure assez imposante, du même gabarit que le bétail, bien sûr, pas aussi grand qu'un cheval », dit-elle, et alors elle s'arrêta, sur ce mot, inopinément lugubre et seul. Un instant elle ne put regarder aucun d'entre eux, elle tendit la main vers la poignée du tisonnier, le saisit et l'approcha du bois qui brûlait sans discontinuer. Assise les genoux écartés sous sa jupe et le visage détourné d'eux, elle brisa la bûche en morceaux d'un coup prompt, et le vétérinaire du moins vit de son fauteuil la pluie d'étincelles tomber sur la couche épaisse de cendre morte dans le foyer et les éclats carbonisés projetés en avant, fumant, sur les dalles du foyer. À l'autre bout de la pièce le vent et la pluie venaient battre violemment aux carreaux et – refusant de penser : Ce cheval, ce hunter fou se trouve là-bas dans l'écurie, aveugle comme une pierre, incurable, aveugle comme une chauve-souris, Mme Lombe reprit, là où elle lui avait échappé, sa propre narration affectée, presque joyeuse. « Alors ils nous ont dit, une fois que nous eûmes surmonté ce choc, que nous devions nous allonger à plat sur les traîneaux, chacun sur son propre traîneau individuel, vous comprenez, juste derrière les talons du renne. » Elle suspendit de nouveau le tisonnier à sa place et, du bord d'une chaussure, repoussa un bout de bois carbonisé vers son lieu attitré. « Nous avions chacun notre traîneau et notre renne, voyez-vous, et lorsqu'ils nous ont fait nous étendre comme ça, davantage comme des momies égyptiennes, en fait, à ce moment-là que comme des humains, ils se sont mis à nous border ! Je n'arrêtais pas de regarder M. Lombe et de me demander comment il allait apprécier cela ! » Ayant réussi à retrouver une certaine jovialité, elle put lever les yeux vers le vétérinaire et regarder Candy Lombe (dans la peur qu'il avait des sabots et de la puissance des bêtes, peut-être avait-elle pris l'avantage sur lui), mais pas encore le visage figé, grave, blême de la fille. « Je lui ai dit que j'avais entendu dire qu'en Russie vous atterrissiez dans le sens opposé, c'est-à-dire la tête vers l'avant, dirigeant la chose avec les mains à l'aide d'une sorte de bidule, et le visage pratiquement sous les talons postérieurs du renne, mais cela n'a pas eu l'air de rassurer M. Lombe, et je dois dire qu'il y a eu des moments où je me suis demandée comment tout cela allait tourner. Aussi longtemps que nous trottions sur le plat c'était de la navigation assez libre, mais quand nous nous sommes embarqués dans ces descentes à l'allure qu'ils maintenaient, les traîneaux commençaient à aller plus vite que le renne, et ce n'était pas sans inconvénients ! Mais le renne était magnifiquement bien entraîné et je dois dire qu'ils se montrèrent très habiles. Dès qu'ils sentaient que vous alliez les devancer, ils sautaient sur un côté de la piste, gambadaient dans la neige à l'écart pour éviter qu'on leur fonce droit sous les talons. C'était une vraie partie de rigolade. Nous avons cheminé quatre jours et quatre nuits, dormant dehors dans la neige, et on nous a dit que certaines années, au rassemblement, le daim sauvage semait la panique. Ils nous ont assuré que personne, à savoir aucun étranger n'avait jamais subi de dommages, mais plus j'y songeais durant cette randonnée, plus j'étais soulagée de n'avoir pas emmené ma fille avec moi. » Et maintenant, ayant prononcé le mot fille – ayant avoué en une sorte de déclaration contrefaite : Je m'en soucie, je m'en soucie ! –, elle pouvait lever la tête et regarder de l'autre côté du tapis et par delà la table à abattants sur laquelle les danseurs en porcelaine de Saxe, la femme en jupon blanc laiteux, plusieurs couches épaisses et bordées de dentelle, à laquelle étaient suspendus des paniers fleuris, et l'homme en queue-de-pie en soie bleue, dansaient avec une précision formelle immobile ; regarder au-delà des mains grossières que dans son embarras le vétérinaire avaient jointes, au-delà de ses bras et de ses coudes plantés sur les genoux de sa culotte de cheval, au-delà de sa tête baissée aux cheveux pâles, vers l'endroit où la fille était assise dans sa jupe et son tricot foncés sur le divan. Là, le regard arrêté de la mère pesa sur elle de manière pressante, irrésistible, avant de s'évanouit en un air grave. « Elle avait alors à peu près quatorze ans, et ces nuits dehors dans le froid, une bonne expérience pour elle bien sûr, mais pas très bonne, vous savez, juste un brin trop rude pour une fille en pleine croissance et pas très robuste. En fait, je ne suis pas sûre que toutes les femmes l'ait appréciéc autant qu'elles le disaient. J'ai adoré, mais il y avait deux Françaises parmi nous et je suis sûre qu'elles ont trouvé cela très différent de ce à quoi elles étaient habituées, leurs salons de coiffure et la vie de café et tout ce qui y ressemble. »

Le père et la fille étaient toujours assis immobiles sur le divan ; légèrement à l'écart l'un de l'autre, semblant ne rien entendre, ne rien voir, comme des gens qui attendent dans des couloirs de prison ou d'hôpital, sans espoir mais engourdis dans une endurance récalcitrante, que le verdict soit prononcé. Quand je l'ai rentré à l'écurie hier soir, se répétait à elle-même la fille, ressassant les faits lentement et précautionneusement comme si cette précision avait été exigée par un juge ou un jury ou par la gravité de la vie ou de la mort, j'ai pensé sur-le-champ que je devais tout faire pour lui de la même façon que cela avait toujours été fait, afin qu'il ne croie pas que ce qui lui était arrivé allait le rendre un tant soit peu différent. Je pensais, même s'il a perdu la vision, et maintenant le mot se resserrait en elle comme un nœud rétréci d'une secousse : aveugle, devenu aveugle, aveugle comme une pierre. (Tenez-vous-en au récit, s'il vous plaît, disait le noyau dur, froid, silencieux, de l'écoute en réprimande. Racontez-nous ce qui s'est réellement passé, ne nous racontez pas ce que vous pensiez.) Je l'ai rentré dans son box, poursuivit-elle, regardant droit devant elle à travers la pièce, et j'ai commencé tout de suite à le bouchonner. Je ne voulais pas qu'il soupçonne encore qu'il y avait quoi que ce soit qui clochait, je veux dire, je pensais que si je le ramenais comme cela, en lui parlant, sans le monter, il croirait que ce n'était pas le monde et tout le bazar du monde qui avaient été anéantis ou même altérés, mais quelque chose d'aussi passager et personnel qu'un mal de dent qui était survenu. (Fort bien, dit la Cour, abattant son maillet avec impatience. Poursuivez sans dramatisation, je vous prie.) Je me suis mise à le brosser et le peigner énergiquement, continua la fille, et puis quand j'ai vu que la brosse l'agaçait car les poils étaient usés, j'en ai demandé une autre à Apby, lequel m'en a tendu une neuve par-dessus la porte. Apby est resté là, à m'observer tout le temps que je bouchonnais Brigand, et je l'ai fait à fond, cela m'a pris une heure. Il y a une enseigne accrochée dans l'écurie, ma mère l'a fait graver et suspendre là, et elle dit « Personne ne peut bouchonner un cheval sans transpirer », et au bout d'une demi-heure j'avais chaud et je me suis arrêtée pour sortir mon mouchoir et me sécher le visage. Je savais que quand vous pénétrez dans l'écurie le matin après que le bouchonnage a été effectué vous passez votre main à rebrousse-poil pour voir s'il a été fait correctement, et si vous voyez la ligne grise là près de la racine des poils vous faites recommencer son travail au palefrenier, et je sais que Brigand était on ne peut plus propre quand j'ai eu terminé. Après cela j'ai pensé que je ne laisserai plus jamais personne, aussi longtemps que je serais vivante et qu'il serait vivant, que je ne laisserai jamais personne remettre la main sur lui. (Tenez-vous-en aux faits je vous prie, lui dit, revendicatif, le silence du juge ou du jury. La Cour ne saurait admettre comme preuve les pensées, aussi sentimentales qu'elles tendent à être, qui vous passent par la tête ou par celle de n'importe quel témoin.) Alors donc j'ai dit à Apby de m'apporter de l'eau chaude, reprit-elle, regardant droit devant elle. Je savais que je devais nettoyer avec une éponge les yeux de Brigand car ce serait la pire des choses que d'éviter de le faire. Peut-être qu'il attendait de voir si je le ferais et si je lui toucherais les yeux, et donc je l'ai fait et pendant que je le faisais je lui parlais sur un ton naturel et je percevais alors le film qui lui recouvrait les yeux, une sorte de lactescence qui les brouillait complètement, mais j'ai continué et je lui ai épongé les naseaux et puis je lui ai fait la queue et lavé les talons. Tandis que je séchais le talon d'un pied antérieur, il vacilla légèrement comme s'il avait perdu l'équilibre et il me marcha dessus, coinçant ma chaussure sous son sabot. Je n'ai pas émis le moindre bruit, je le jure, car je me suis dit que c'en serait fini de lui s'il pensait que la perte de sa capacité visuelle lui avait causé cette autre chose aussi, je veux dire, l'avait handicapé, avait rendu infirmes ses jambes, ou lui avait ôté son sens de la gravitation. Je ne voulais pas qu'il... (À moins que vous ne vouliez témoigner de la manière que la Cour a spécifiée, rappelèrent les accents froids maîtrisés de l'autorité, le témoignage que vous avez livré sera rayé des procès-verbaux pour manque de pertinence.) Puis je lui ai brossé la crinière et la queue, reprit lentement et précautionneusement la fille, et j'ai ôté les bardanes, séparant d'aussi près que possible chaque poil de sa crinière et lui enjoignant de garder la tête basse, ce qu'il fit. Après avoir passé à l'eau sa crinière, j'ai brossé la queue mèche après mèche en partant des racines, sans cesser de lui parler. J'ai décidé de nettoyer sa queue à l'étrillage de sept heures du matin, c'est-à-dire ce matin, et d'examiner ses pieds hors de l'écurie au soleil. Mais ce matin il s'est mis à pleuvoir tôt, et je ne l'ai donc pas fait. Hier soir donc, c'était à environ six heures et demie, je lui ai déposé moi-même sa pitance. Je lui ai donné trois livres de maïs et un petit peu plus d'une livre de foin haché, et à cause de ce qui lui était arrivé je lui ai donné une bouillie de graines de lin. Je lui ai mis sa pitance sur le sol, exactement de la manière dont il l'avait toujours eue. Apby a dit qu'il serait peut-être préférable de lui mettre ses rations en hauteur dans une mangeoire ou un ratelier à foin où il pourrait les trouver plus facilement, et il a dit qu'il apporterait le ratelier portable, mais je n'en voulais pas. Nos chevaux ont toujours mangé sur le sol à la façon dont ils le feraient si on les remettait dans les herbages et j'ai dit que j'allais le nourrir ainsi afin qu'il continue à penser que ce n'était pas aussi grave qu'il l'avait d'abord cru, car, sinon, tout ne continuerait pas exactement de la même manière. Mon père avait fait appeler le chirurgien-vétérinaire à Pellton et j'attendais dans l'écurie pour voir si Brigand allait manger, et il a reniflé un peu autour et, après que je lui ai eu parlé, il a baissé la tête vers l'endroit où la nourriture se trouvait parce qu'il savait qu'elle y avait toujours été bien qu'il fût à présent aveugle, vous comprenez, qu'il fût aveugle comme une pierre, qu'il ne pût pas la voir... (Fort bien, dit le silence indifférent, insensible, ce sera tout, Mlle Lombe, cela fera l'affaire.) Mais il faut que je vous dise ceci ! s'écria la fille, et elle bondit précipitamment du divan une main tendue comme dans le geste d'arrêter la fermeture irrévocable d'une porte. Attendez ! s'écria-t-elle. Attendez ! Il faut que vous écoutiez !

« Je ne vais pas les laisser l'abattre. Je ne vais laisser personne l'abattre », dit-elle tout haut, et elle resta à regarder le salon autour d'elle, abasourdie à présent d'être là debout et de parler : regardant dans un état de surprise maladroite sa mère assise auprès du feu le visage levé d'un air offusqué, et le vétérinaire s'agitant sur le bord de son fauteuil, la tête baissée en train de contempler la fange qui séchait en se coagulant sur le tapis en dessous de ses souliers. Elle ne se retourna point vers Candy à présent derrière elle sur le divan, mais fit seulement face aux forces rassemblées là contre eux, ces deux autres visages et ces deux autres corps, et par à-coups, séparément, les différents meubles, les bûches qui brûlaient dans le feu, les figurines dansantes en porcelaine de Saxe, comme si elle voyait tout cela pour la première fois. « Je ne crois pas que ce soit quelque chose d'incurable », dit-elle, les yeux lourds, au glacis subtil, se détachant des visages pour se poser sur les objets l'un après l'autre, et revenant à l'aveuglette, objet après objet, comme à travers l'obscurité, à ces mêmes visages. « Personne ne me fera croire qu'on ne peut pas le guérir si on en prend le soin et la peine. »

« Rien ne nous empêche de demander un avis à Londres », commença de dire le vétérinaire sans lever la tête. Il était assis là, courbé en avant sur sa culotte de cheval salie à fines rayures, les bras reposant en travers de ses jambes. Tandis qu'il parlait, il croisait et décroisait ses gros doigts émoussés, dont les jointures se frottaient l'une contre l'autre, regardait comme avec honte les mollets maculés de boue de ses guêtres en cuir brun. « Je serais le premier à dire attendons d'avoir un autre avis. Je dis que c'est une évidente et simple rétinite, survenue peut-être après une grippe bien que je ne l'eusse aucunement jugé convalescent quand M. Lombe l'a amené il y a deux mois. C'est la rétine qui s'est décollée et la vue s'en va comme cela, soudain, et, sauf à avoir connaissance du contraire, l'histoire de la fragilité oculaire pourrait bien remonter en droite ligne à son sang. Mais je dis prenez un autre avis et cela nous faciliterait tout. Abattre un cheval comme celui-là n'est une partie de plaisir pour personne ».

« Ah », dit Mme Lombe d'un ton patient, égal, « nous y voilà. » Elle ne regardait pas le vétérinaire mais dans les profondeurs du feu en quête de fermeté, contemplant avec une résignation calme, virile, la flamme qui vacillait de manière hésitante ; mais c'était tout de même au vétérinaire, le seul autre disciple du bon sens dans la pièce, qu'elle parlait. « Le croisement d'animaux de même souche pourrait bien s'avérer être la tragédie du pays avant que nous en ayons connaissance », dit-elle. « Regardez nos meilleurs chiens à présent, à la gueule se retroussant d'hystérie à force de croisements consanguins génération après génération. On dit que vous ne courez pas de risque si vous accouplez une mère et son fils ou un père et sa fille, mais de vous garder de croiser des propres frères et sœurs ou même des cousins germains. Mais où les règles générales vous mènent-elles jamais ? Il y a ce hunter là-bas avec son histoire de faiblesse oculaire, une histoire double si vous considérez son croisement, et personne », dit-elle sans regarder son mari, « ne se serait même soucié de lui si on avait pris la peine de passer en revue son pedigree et de le faire passer chez le vétérinaire. Je ne plaide pas pour l'importation généralisée de chiens étrangers ou d'étalons étrangers, mais on pourrait faire beaucoup de bien en important assez librement du sang frais des Dominions. » Assieds-toi, tu as l'air d'une idiote à rester plantée là, ne dit-elle pas tout haut, mais la fille dans une soudaine confusion muette regarda un instant d'un côté à l'autre avant de s'asseoir de manière hésitante. Tout à coup et pour la première fois le père, se tournant et regardant son visage, tendit le bras et saisit la main de sa fille. « Je pense qu'on devrait résolument introduire là-dedans un sentiment de patriotisme », dit la mère, et à présent le spectacle de ces deux-là, assis de la sorte main dans la main, rapprochés l'un de l'autre sur le divan, mais aussi invulnérables et graves que des statues ou des figures de cire, la fit alors bouillir d'une inexplicable fureur. Elle sentit la chaleur enflammer son visage et elle se recula du feu dans un mouvement d'irritation, pensant que des mots comme patriotisme, et pur-sang, et sang – le bon sang vif d'un cheval – devraient les fouetter s'il y avait en eux un quelconque sentiment naturel. « Ce pays est la patrie des pur-sang, avait coutume de dire mon père », dit-elle, regardant vers les épaules voutées de cavalier du vétérinaire et ses robustes jambes arquées dans les bandes molletières. « Vous le connaissez probablement de réputation, vous avez sans doute entendu parler du Major Husen autour de Chelton bien que ce soit avant votre époque. Je me suis souvent demandé si un homme qui n'était pas né et n'avait pas été élevé en Angleterre pouvait avoir un quelconque don ou sens des chevaux. » Elle ne regardait pas en direction de son mari mais toujours le vétérinaire qui releva la tête de manière hésitante, la regarda, écarta les lèvres et ne parla point mais déglutit, la peau de sa gorge empourprée d'un éclat permanent et couverte d'une toison aussi blanche que celle d'une truie. « Le Major Husen – ton grand-père, Nan », ajouta-t-elle, sur un ton injustifié de sévère réprimande, « s'est battu année après année contre l'exportation de notre bon sang classique, il s'est battu bec et ongles, en toutes saisons, jusqu'à soixante-dix ans passés. Il se rendait régulièrement aux ventes pour essayer de garder nos vainqueurs classiques de ce côté par tous les moyens possibles, et une douzaine de fois ou plus il y a réussi. Les soirées d'hiver à la maison, il passait son temps à éplucher le stud-book jusqu'à ce qu'il le sache pratiquement par cœur d'un bout à l'autre. Il les connaissait aussi bien que si c'étaient des chevaux de ses propres écuries, ces étalons de première classe et les juments saines que, pour le bien de la patrie, l'on ne devrait pas perdre au profit de haras étrangers. » Elle se détourna complètement du feu, les genoux toujours écartés, et les dévisagea, le père et la fille, d'un œil fier, hardi, mais désespérément vaincu. « Une année, il a empêché Navan Flyer de partir en Argentine, et la suivante il a empêché que Phronella soit perdue au profit de l'Allemagne. Il n'avait pas peur de se dresser là et de leur dire ce qu'il pensait ! », dit-elle, la tête levée d'un air fier et pathétique et la langue dans sa bouche les fustigeant inlassablement pour ce qui était de la faiblesse et de la féminité bien pires que du sentiment qui les retenaient là, assis, muets, main dans la main, sur le divan. « Il a ramené lui-même Peacemaker à la maison pour son propre haras, et le discours qu'il a fait à la vente a été publié partout. "Des offres tentantes, d'étrangers en particulier" », cita-t-elle en mettant la pointe exacte de dépréciation, noble et irritée, dans le mot étrangers, « "doivent naturellement sembler difficiles à refuser, mais, Dieu merci, il existe au moins un Anglais animé parmi vous d'un sentiment patriotique, et, Dieu merci, la détermination d'un seul Anglais est suffisante pour garder un bon cheval sur son sol natal !" »

Un été, peut-être était-ce à l'époque où Candy revint ivre à la maison après avoir acheté le bétail à cornes alors qu'il avait été censé acheter les Galloways et les Redpolls, j'étais au lit en haut, j'avais alors dix ou onze ans, et Candy est sorti d'en bas pour s'allonger sur la pelouse dans l'obscurité. Ce fut la première fois que je me hissai dehors par la fenêtre et traversai la véranda du toit pour me laisser glisser en bas du tuyau de la gouttière, et les étoiles paraissaient mais il faisait noir et je n'y voyais pas bien, mais je savais qu'il gisait là près de la haie, peut-être parce que je savais qu'il s'était étendu là d'autres fois, précédemment, des mois ou des années en arrière, même si je ne l'avais jamais vu ; peut-être l'avais-je entendu année après année ouvrir quand il était ivre la porte du rez-de-chaussée pour sortir et me le suis-je rappelée par la suite, comme dans un rêve. Je n'avais pas de pantoufles ni autre chose sur moi que ma chemise de nuit et j'évitai les lumières jaunes des fenêtres couchées sur le gazon et courus sur le gravier et l'herbe vers l'endroit où il était allongé sur le dos près de la haie, oscillant légèrement d'un flanc à l'autre, les mains sur le visage en train de gémir. Maman était assise à l'intérieur de la maison, je savais qu'elle était assise en train de tricoter même si je ne la voyais pas, et la TSF marchait, et peut-être que Candy ne me voyait pas là, mais en tout cas il savait qu'il y avait quelqu'un d'assis près de lui sur l'herbe et il se mit à dire d'une voix basse et remplie de pleurs : « Je veux ma femme. Je veux ma vraie femme. Je veux que ma jeune petite femme sorte pour prendre soin de moi et me sauver de ce que je suis. Je la veux maintenant, ma pauvre frêle petite femme mourante, pour qu'elle gravisse les montagnes avec moi comme elle le fit et qu'elle ne soit pas capable d'aller plus loin, obligée de s'asseoir et de s'allonger avec moi sur les aiguilles de pin. Je la veux, je la veux. » Une voix peut-être qu'elle n'avait elle-même jamais entendue pleurant ou gémissant dans ses mains. « Là-bas mourant jeune et habitant une maison aux balcons exposés au soleil pour les mourants », dit-il non pas à moi mais à l'inconnu qui était assis là sur l'herbe froide à côté de lui dans le noir. « Ils avaient bâti un café-bar de l'autre côté de la route où les mourants pouvaient accéder sans trop de mal ; avant d'être mort, vous pouviez descendre et traverser la route si personne ne vous voyait et grimper sur un tabouret s'il vous restait assez de forces pour le faire, et boire un verre ou deux de façon, plus tard cette nuit-là, à ne pas affronter la mort dans un état de trop grande sobriété. » Il se mit alors à trembler de sanglots, ses épaules et ses bras levés tremblant, et son visage hermétiquement recouvert par ses mains tandis qu'il roulait de droite et de gauche sur l'herbe. « Je m'asseyais là-bas à l'attendre, guettant le lit sur le balcon de l'autre côté de la route pour qu'elle s'y étende, et guettant la porte du café dans l'espoir qu'elle entre, et guettant la neige sur les montagnes tout l'été, l'attendant et guettant comme un fou, ma pauvre petite chérie, ma pauvre jeune femme mourante. »

Telle était l'histoire que je n'avais jamais entendue auparavant et j'étais assise grelottant de froid dans ma chemise de nuit à l'écouter, gardant mes dents serrées dans ma bouche et grelottant car à présent je savais que je n'étais rien pour lui ; il y avait eu cette femme jadis, cette fille, cette autre épouse et aucun de nous n'en avait connaissance, et maintenant qu'il était ivre il sortait le squelette de son lit et de sa tombe et lui accrochait dessus ces lambeaux de souvenirs. Je n'étais plus son enfant car je n'avais pas été celle de cette autre, je n'étais personne, ne partageant rien avec eux, j'étais juste pour lui n'importe qui, assis là non loin dans le noir, à qui le dire et le redire. En songeant à elle, je plantai mes dents dans le bord de ma main pour les empêcher de s'entrechoquer, pleurant à moitié pour elle à moité pour ce que j'avais cru être pour lui avant de connaître son existence. « Pourquoi pleures-tu ? » dit-il à l'instant, et il avait alors ôté ses mains de son visage et regardait dans ma direction bien qu'il n'ait pu me voir dans le noir, mais seulement la chemise de nuit blanche indistincte, mes genoux ramenés en l'air et mes bras serrés fort autour d'eux. « Tu n'as aucune raison de pleurer. Tu n'as rien perdu », dit-il, et moi je dis, si, j'ai perdu quelque chose, gardant mes dents serrées sans émettre aucun son, j'ai perdu quelque chose que je croyais posséder. Il dit et redit l'histoire jusqu'à ce que j'eusse pu la répéter sans en changer un mot ou la coucher telle quelle par écrit dans un cahier, sachant dès cette première nuit où je l'ai entendue quelle allure il devait avoir eu gravissant, muni de son carnet de croquis, la route de montagne en ce mois d'août, et quel air elle avait, la frêle jeune femme debout sur le balcon du sanatorium bâti là pour les malades, quand elle le vit pour la première fois et laissa une petite plume vert brillant d'un boa ou d'un plumeau voler à terre parce qu'elle voulait qu'il lève les yeux et lui sourie. Je restais assise dans ma chemise de nuit pleurant, enfonçant mes dents dans le tranchant de ma main et pleurant dans le noir sur sa beauté, son affliction et sa mort.

À présent il reposait sans bouger, me racontant le reste, et au début je n'arrivai pas à comprendre. « Je l'ai perdue », dit-il. « Tu ne l'as jamais connue jeune et malade. Tu as connu quelqu'un qui est venu longtemps après cela. » Il y avait l'intervalle des cinq ou six ans après qu'il l'eut épousée et qu'il eut cessé de peindre des tableaux et qu'à la place il l'eut emmenée d'un lieu en altitude à l'autre, et de sanatorium en sanatorium ; jusqu'à ce que je commence à entrevoir qu'elle n'était pas morte, qu'elle n'avait pas pu mourir, ils l'avaient guérie : l'argent qu'elle avait, beaucoup d'argent de son père qui avait élevé des chevaux, à moins que faire un mariage d'amour, ou donner naissance à l'enfant qui écoutait assise dans le noir l'ait guérie pour la vie de telle sorte qu'elle pouvait reprendre les choses là où son père les avait laissées et continuer à élever des chevaux sur cette terre. Et Candy se retourna de nouveau et s'étendit la joue du visage contre l'herbe. « Une fois de temps en temps », continua-t-il de dire, l'élocution encore pâteuse d'avoir bu, « rien qu'une fois de temps en temps quand elle se réveille le matin ou parfois quand elle lit seule dans une pièce, il y a un je-ne-sais-quoi qui reste, un je-ne-sais-quoi dans sa nuque ou son poignet ou dans le pli de ses cheveux, mais, à part cela, elle aurait pu juste aussi bien mourir. Arrives-tu à comprendre ce que j'essaie de te dire ? » fit-il, sa voix dérivant dans le noir vers le sommeil ou la stupeur. « Arrives-tu à comprendre ce que j'essaie de te dire ? Si elle n'avait pas voulu revenir ici et vivre dans ce pays il aurait pu ne pas y avoir les deux, je veux dire celle que j'ai connue en premier et que tu n'as pas connue, et l'autre à présent assise à l'intérieur de la maison. Parfois quand je rentre, si j'ai bu un coup ou s'il n'y a pas assez de lumière, je vois ma jeune femme morte assise là dans la pièce et j'avance en silence pour ne pas l'effaroucher et je passe mes bras autour d'elle avant qu'elle ait le temps de se retourner et de se mettre à me parler, et avant d'avoir à perdre de nouveau mon illusion », dit-il, les mots franchissant l'herbe lentement tandis que la lamentation saoule, languissante, droguée, dérivait à présent de manière hypnotique vers le sommeil. « Je l'ai appris et réappris et je ne veux plus l'apprendre, qu'il n'y a rien de tel que jeunesse et âge mûr, il n'y a que vie et mort. »

Alors Candy Lombe leva le regard vers eux depuis le divan, regarda d'un air aimable et joyeux sa femme au-delà des figurines en saxe sur la table, et le vétérinaire dont le visage baissé contemplait d'un air vide et envoûté les lents ravages répugnants opérés par ses souliers sur le tapis. Il aurait pu n'être que le petit homme joyeux, au teint frais et bien mis, qui, assis, tenait encore sa fille par la main, le nez court, joli et aux narines étroites, la bouche molle sous la moustache soignée qui commençait à peine à s'éclaircir : n'eussent été les yeux étirés en longueur vers les tempes et étrangement alourdis d'un rêve inexprimable et inexprimé.

« Bon, ce qu'il faut à présent c'est essayer de nous montrer tous aussi raisonnables que possible à ce sujet », dit-il, regardant d'un air joyeux, presque mondain, son épouse. Tout se passait comme s'il l'avait rencontrée au thé juste ce jour-là et cherchait à se montrer sous son meilleur jour. « Naturellement la petite Nancy ici présente veut que tout ce qu'il est possible de faire le soit avant que nous arrêtions une décision en ce qui concerne Brigand. Je pense que la suggestion de Penson quant à ... »

« Mais un cheval aveugle, incurablement aveugle », commença la mère, mais alors comme si au lieu de la regarder au-delà des danseurs en porcelaine Candy avait prononcé son nom, ou un nom particulier qu'ils avaient utilisé il y a longtemps et dans un autre pays, et dans sa signification la plus profonde, elle s'interrompit.

« Comment trouverais-tu cela ! » s'écria soudain la fille. « Qu'est-ce que tu ressentirais si un jour où tu étais malade on voulait... » Elle s'assit sur le divan, sans regarder quiconque mais les yeux baissés d'un air sauvage vers l'étoffe sombre de sa jupe, le visage blanc, les dents serrées pour contenir la vibration violente du bruit des pleurs. « Si parce que tu ne pouvais plus voir, ou plus manger, ou... ou... si tu n'avais plus la force de nager... ou de gravir une montagne sans... perdre le souffle et devoir... devoir t'arrêter et t'asseoir... et si... »

« Chut, Nancy », dit Candy d'une voix douce, « chut, Nancy », serrant la main raide et impitoyable.

« Et si tu étais malade un jour et que personne... personne ne rapplique pour prendre soin de toi », continua la voix forcée qui s'étranglait, « qu'on disait juste "mettez-lui une balle là où se trouve la cervelle", que dirais-tu de mourir, que dirait n'importe qui de mourir quand il est jeune et non encore prêt pour cela ! Quand tu étais malade et jeune à une époque, peut-être que tu n'aurais pas été prête », dit-elle, les larmes commençant à ruisseler sur son visage mais toujours sans regarder personne, « au seul motif que des gens plus âgés disaient que tu étais incurable et qu'il valait mieux te tirer une balle, tu ne l'aurais pas voulu au seul motif que les gens qui ne s'en souciaient plus disaient que c'était la meilleure... »

« Chut, Nancy, chut », dit Candy, lui caressant la main.

Le vétérinaire se leva, s'éclaircit la gorge, tira sa montre de la poche de son gilet et en regarda le cadran, puis l'y reglissa.

« Si vous décidez que je dois appeler Londres », dit-il, boutonnant à tâtons sa veste de ses gros doigts émoussés, et Mme Lombe dit :

« Vous avez été extraordinairement patient avec nous, M. Penson. Nous vous ferons connaître la décision que nous... » Elle était debout à présent, grande

et adoucie, les yeux légèrement égarés posés sur lui.
« Je ne pense pas que vous sachiez ce que pourraient être les honoraires d'un vétérinaire de Londres pour venir ici ? » lui demanda-t-elle.

Chapitre 4

À LA FIN de la semaine les deux choses arrivèrent : le vétérinaire appelé de Londres ainsi que la lettre de l'Irlandais. Après tous ces mois la lettre arriva disant qu'il était de retour d'Espagne, depuis dix jours avec une blessure au bras, et qu'il aimerait la voir mais qu'il ne savait pas si l'adresse serait encore la bonne, ni si elle avait dit Nancy Lombe ou Nellie cet après-midi là. « Vous avez dit à Mme Paddington à Florence que vous seriez peut-être de retour cet été, et je parie donc sur le fait que vous vous souviendrez de moi », écrivait-il. *Miss N. Lombe* était inscrit sur la face extérieure de l'enveloppe d'une écriture nerveuse, timide et rapide. La lettre était pliée en deux dans la poche de son tricot, les coins pincés de toutes ses forces entre ses doigts tandis qu'ils suivaient le vétérinaire de Londres dehors puis dans l'allée, sur le gravier frais, mouillé où il y avait eu de la pluie ce matin, s'y cramponnant comme si la simple rigidité de son papier suffisait pour s'y tenir indépendamment de ce qui était dit. La mère et le vétérinaire londonien marchaient légèrement en avant et Candy était encore dans la maison, ayant lancé à travers la porte de la salle de bains : « Nancy, ton vieux paternel est encore dans ses ablutions », la voix amplifiée par la profondeur de l'eau dans la baignoire et l'écho merveilleusement puissant et clair du carrelage. « J'arrive dès que j'en ai fini », dit-il, et le bruit de l'eau jaillit dans l'espace. Il ne le dit pas à haute voix, ni ne l'articula même à son corps nu ramolli se courbant dans le bain : je ne veux pas descendre ce chemin et entrer dans l'écurie pour entendre cela, mais m'évader ici, assourdi dans de la mousse à raser aussi odorante que le printemps. Il n'a pas dit : j'ai peur d'y aller.

Le vétérinaire de Londres n'était plus du genre rural, il était devenu un homme prospère d'âge mûr semblable au représentant convenu du capitalisme dans une caricature politique : il avait les bajoues bien remplies et la bedaine et le dos poilu des mains potelées. Il pénétra tout de suite dans le box du hunter, son souffle saccadé de congestion par son nez, et là il ouvrit de force les paupières, une grosse perle blanche sans éclat saillant d'abord un instant entre ses pouces, puis une autre, tandis que la tête du cheval se relevait à l'aveugle et de manière circonspecte. La cascade jaune de chaude lumière brumeuse se déversait par la fenêtre du box sur les cheveux grisonnants du vétérinaire et sur les verres de ses lunettes tandis qu'il disait, non à l'intelligence ni aux perceptions du cheval mais tout de même à portée de son intuition : « Le pauvre gars va devoir être abattu. » Il regarda dans l'œil fixe laiteux du hunter et déclara que l'homme de l'art du coin pourrait faire l'affaire, étant donné que lui-même ne s'y était pas préparé en venant. Et la mère debout sur la litière d'avoine dit qu'elle avait promis de donner à la propriétaire le temps de décider, ils avaient promis d'attendre un peu. « Ma fille », dit-elle de la jeune fille, debout derrière lui et derrière le cheval, qui se cramponnait à la lettre dans sa poche et entendait la respiration de l'homme se bloquer dans son nez, la suite arrivant comme s'ils l'avaient lue dans des manuels : s'il y avait le moindre doute dans l'esprit du tireur ou si ce devait être effectué par un novice, il faudrait tracer une ligne à la craie de l'oreille droite au centre et de l'oreille gauche au centre et une autre en croix là où elles se rejoignaient. « Je ne vois pas pourquoi il faut le faire, je ne vois pas pourquoi », s'écria la fille, sa voix s'élevant subitement rauque, tragique et jeune de l'ombre de l'écurie.

Le vétérinaire ne se retourna pas complètement pour la voir quand il dit que l'endroit où viser et tirer était l'intersection exacte des lignes à la craie, le centre impossible à ne pas repérer de l'os frontal entre les yeux. « Non », dit la fille, à mi-voix seulement cette fois. « Non. » Elle pensa : C'est là l'illusion, et la réalité c'est que nous sommes la nuit, et que la situation n'est pas celle de la protestation en plein jour car je suis couchée endormie dans mon lit tenant cette lettre dans ma main sous l'oreiller. Le vétérinaire ne respire pas comme cela par le nez, c'est ma propre respiration. Je suis couchée en plein sommeil dans mon lit et ce sont là les monstres de l'enfance : le reptile déguisé en autorité dans un lainage bleu nuit aux épaules couvertes de pellicules, la forme que ma mère a prise maintenant, monument érigé à toutes les peurs de l'enfance. Je dis non, non et non, dans mon sommeil et ils ne peuvent pas m'entendre. L'odeur de foin et de cheval est souvenir et la lumière est fraîche et floue comme la lumière à l'instant remémorée tandis que la marée de la respiration monte et descend, monte et descend au rythme des étranges et profondes machinations du cœur pendant le sommeil. Si vous ne pouvez rendre la vue à un cheval, non seulement à ce cheval-ci mais à tout autre, qu'il s'agisse du champion le plus beau et magnifiquement racé de tous, vous lui offrez la mort comme un troisième œil à travers la mèche du front, vous lui donnez son petit coup d'œil sur le paradis à travers un seul petit trou aux lèvres noires. Vous faites cela pour le cheval, non pour le propriétaire ni pour le monde, mais pour la bête décharnée, aux membres mystérieux et à la bouche molle, qui va bronchant de terreur muette de ténèbres en ténèbres. Pour son bien, vous lui fracassez le front d'un seul coup, à la manière dont le poing vigoureux d'un homme fracasse les panneaux fragiles d'une porte pour faire entrer la lumière, et le rêve permanent de rien dans son monde inconstant de peau qui ondule, d'épaule agitée de soubresauts, d'oreille toujours à l'éveil, se brise en éclats comme du verre qui explose dans la nuit. Tu es réveillé, Brigand, remue ta crinière. Le rêve de cécité a cessé, mon chéri. Tu n'es plus privé de vue, tu es mort. « Non ! » s'écria-t-elle, plaquant les jointures de ses doigts sur ses dents. « Non ! Ils ne le feront pas ! Je ne les laisserai pas faire ! »

Elle s'enfuit haletante, suffoquant, sans pleurs, par la porte de l'écurie et courut jusqu'à la maison sur le gravier qui séchait en dégageant une douce vapeur. Derrière elle la conversation se poursuivait, armée à présent d'une implacable pitié compétente : amenez des palefreniers, le vétérinaire local, le chasseur pour lui raconter leurs expériences avec des chevaux frappés de cécité ou d'infirmités, achetez-lui un livre là-dessus qui lui donnera le point de vue adéquat. Si c'est son cheval, alors laissez courir l'affaire un jour ou deux jusqu'à ce qu'elle ait compris exactement de quoi il retourne : la miséricorde d'abord, et puis la nécessité de la chose. Dites-lui qu'on ne peut apprendre à un cheval d'accepter la cécité car son monde est vision, et dans peu de temps elle reviendra à de meilleurs sentiments, elle verra l'humanité qu'il y a à le faire aussi vite que possible. Ah, c'est sûr qu'il lui faudra le faire pour notre bien à tous ; nous ne sommes pas ici un hôpital pour les estropiés et nous avons besoin de la place pour le travail auquel j'essaie de m'atteler contre vents et marées. Contre Dieu, presque, et en tout cas contre l'homme qui continuait à siffloter, enfermé à double tour derrière la porte de la salle de bains.

« J'arrive ! » lança-t-il quand la fille cogna à la porte. « J'arrive, Nancy ! »

Elle s'appuya de désespoir contre le battant le temps qui précéda celui où il la lui ouvrit : le temps d'entendre d'abord cesser le sifflotement, puis la clé tourner, et elle le vit là, les lèvres froncées pour recommencer le sifflotement, mais les yeux à travers la brume de la salle de bains fuyant la catastrophe pour se réfugier dans leur propre bleu bizarre, ivre de rêverie. Ses mains étaient levées pour frictionner ses cheveux de lotion capillaire, les manches du tissu éponge glissant jusqu'aux coudes potelés sur ses bras charnus féminins, et elle se jeta contre lui violemment en pleurant.

« Ils vont le faire si tu ne les empêches pas ! Ils vont le faire si tu ne les empêches pas ! »

Les larmes s'arrêtèrent soudain au bruit de sa propre voix dénonçant la vérité. Mais elle réalisa vite que la force ne pouvait être donnée ou prise, donnée par Candy ou n'importe quel homme, ou prise de la lettre de l'Irlandais. Elle commençait à voir ce qu'il en était à présent comme un sauvage aurait pu se le figurer barbouillé de taches de baies, ou de quelques peintures aussi primitives, ou le coudre solidement de perles ou de fil sur du tissu : la petite île isolée sans défense du moi hors de portée de voix ou d'atteinte du nageur reposant au milieu des autres îles disséminées et inaccessibles de ces autres moi.

Durant les trois nuits qui suivirent, alors que le cheval était encore en vie et la réponse écrite à l'Irlandais, elle contempla le paysage dépeuplé et les vastes eaux clapoter sans cesse, infranchies, entre les îles éloignées, et elle se tâta les os dans son lit, les os de l'épaule, du bras, de la main, et les os de la cuisse logés tenaces dans sa chair, et le crâne inexorablement là sous les cheveux. S'il existe une force, elle est en eux, elle est ici, non dans une course éperdue auprès de Candy pour requérir de l'aide ni dans l'envoi d'une lettre au Cher Monsieur Sheehan : « C'était drôlement sympathique d'avoir une lettre de vous et j'espère que vous vous remettez bien de votre blessure. Je me sens très mal car le vétérinaire de Londres que nous avons fait venir ici dit qu'on va devoir abattre mon cheval. Mon père a dit de vous suggérer de descendre ici un après-midi et qu'il serait heureux d'aller vous chercher à la gare. Je me rappelle que vous disiez connaître les chevaux, alors peut-être... » reposant éveillée la nuit sur son lit et répétant sans cesse ces mots qui avaient été couchés sur le papier et seraient lus sur le papier, elle pensait au monde de la vision et de l'ouïe, du toucher et de l'odorat, sans écrits, sans archives, sans engagement, du cheval, ce monde mouvant de milliards de sensations crédules, et reposant ainsi nuit après nuit, la formule se fit plus claire à travers l'insomnie et l'obscurité de la chambre jusqu'à ce qu'elle se mue en l'impulsion de se lever et de se rendre pieds nus à la fenêtre ouverte pour la répéter à haute voix : « Le cheval a peur du buisson parce que le buisson frémit et agite une branche sans qu'on s'y attende. »

Elle enfila son tricot mais, ne pouvant trouver tout de suite ses pantoufles dans le noir, elle grimpa sans elles sur l'appui de la fenêtre, traversa le toit de la véranda et se laissa glisser en bas de la gouttière en coinçant fort entre ses jambes la chemise de nuit en coton. Il faisait chaud, une chaleur italienne pour une fois ici en Angleterre, chaud sous ses pieds tandis qu'elle traversait le coin de la pelouse. À cause de la morsure du gravier elle resta sur l'herbe et les plates-bandes, se dirigeant rapidement vers l'écurie, et au tournant de l'allée elle quitta la douce bordure tondue et traversa, non sans douleur, à toutes jambes. Aucun homme, aucune femme, aucune fille, aucun Irlandais, aucun docteur, aucun vétérinaire, aucune science, aucune sorte de savoir humain ne peut le sauver ou lui rendre la vue, pensa-t-elle repoussant de l'épaule la porte ; il va rester là tremblant, paralysé d'angoisse, dans cet état de cécité incurable et d'incurable terreur jusqu'à ce qu'ils l'abattent. Elle traversa pieds nus le plancher de l'écurie jusqu'à l'endroit où il se trouvait et ouvrit la porte de son box dans le noir en lui disant son nom. « Brigand », fit-elle d'une voix forte, et sans le voir elle sentit le frisson de peur et d'angoisse qui le parcourut mais il ne bougea point, peut-être faute de savoir s'il devait le faire de droite ou de gauche pour la laisser passer. Il n'y avait pas de lumière, seulement l'odeur du cheval et la saveur exquise dans l'air de chevaux bien entretenus, et elle entendit sa compagne d'écurie se réveiller et bouger dans son box au-delà. Ainsi tu vas rester planté là jour après nuit, nuit après jour, sans rien distinguer jusqu'à ce que ton heure soit venue, dit-elle. Elle pouvait le sentir robuste comme un roc mais vivant tandis qu'elle le bousculait en passant dans la stalle. Tu vas rester planté ici, tout ton être se cabrant devant la mort et tremblant d'effroi à moins que tu ne m'écoutes. Elle lui attira la tête dans le creux de son bras, d'un geste ferme, presque sans tendresse. Laisse le buisson frémir sans que tu t'y attendes et te toucher le flanc de manière à recevoir la gifle de ses feuilles, comme cela, sans voir quand le buisson frémit, essaya-t-elle d'expliquer, et puis elle reprit : Tes yeux, mon ami, se sont coagulés dans ta tête. Cependant, la route continue à défiler sous tes pieds, la barrière continue à regimber sous toi lorsque tu ramasses tes jambes pour t'élever, la maison continue à pivoter dans le jardin, te présentant d'abord un angle puis l'autre, les haies n'ont pas cessé de s'écouler comme de l'eau, les arbres n'ont pas arrêté de danser la valse, les nuages de donner de la bande. C'est toi, mon coursier, qui doit comprendre le mouvement sans les limitations de la vue, le temps qu'il faut pour apprendre à nous en passer. Laisse le buisson te gifler en pleine face et tu reconnaîtras sa présence de la même façon que tu l'as fait quand tu l'as vu frémir et agiter une branche sans que tu t'y attendes.

La première nuit elle le sortit sur l'allée seulement, le menant lentement par la guide à travers l'obscurité. Il n'y avait pas d'étoiles, pas de vent, et les arbres à feuilles persistantes étaient encore légèrement mouillés de la pluie de la journée tandis qu'ils passaient en dessous, et les feuilles de la viorne et du laurier leur effleuraient, légères et humides, le front. C'était à plus d'une heure du matin, peut-être deux, mais sans cloches au village voisin pour le dire, comme c'eût été le cas en Italie, et la fille marchait près de lui, son épaule frottant contre celle du hunter tandis qu'ils avançaient. Elle dit : La prochaine fois je mettrai mes pantoufles, bon sang, foulant avec peine le gravier, et avec la grande bête non voyante et non visible qui se mouvait d'un pas mal assuré à côté d'elle, elle commença alors à comploter : « Elle a dit qu'ils me laisseraient deux semaines. Grâce à Candy, elle m'a accordé deux semaines. J'écouterai Penson me le réexpliquer, et j'écouterai jusqu'au bout les palefreniers, et je lirai le livre. Mais elle m'a donné deux semaines pour me préparer à la mort. C'est toujours ça. En quinze jours tout peut arriver. »

La troisième nuit elle lui mit le mors entre les dents et la bride dessus, et la quatrième elle l'emmena au-delà du côté inférieur des enclos sur le sentier qui longeait le cours d'eau. Ici la voie était étroite et ils avançaient en file indienne, la fille devant et le cheval suivant au bout de ses rênes, et à l'endroit où la berge déclinait elle le guida vers l'eau, disant à haute voix : « Si je reconnais cet endroit dans le noir sans plus être à même de le voir tu peux, tu peux avoir confiance en lui toi aussi, tu peux reconstruire l'image à partir du chaos et des ruines du souvenir », mais le cheval resta en retrait, le corps puissant, monstrueusement grossi par la nuit, s'arrêta et la tête se releva en un mouvement d'innocence déroutée. « Viens », dit-elle, « viens », et alors la brusque secousse tandis qu'elle envoyait promener ses pantoufles ne le fit point sursauter comme cela avait été le cas la nuit précédente lorsqu'ils avaient rejoint l'herbe. « Viens, mon bonhomme, viens », dit-elle, et elle rassembla les rênes sous la lèvre pendante qui tremblait. Elle se pencha, le tenant immobile, d'une main et leva une paume remplie d'eau vers ses naseaux pour lui mouiller la bouche. « Renifle-la, renifle l'eau », et alors le pied antérieur avança en même temps qu'elle, et puis l'autre, jusqu'à ce que le courant lui baigne les sabots. Elle s'arrêta avec lui dans l'eau courante, les pieds sur les pierres glissantes du lit, et il tendit le cou puis baissa la tête, tandis que les rênes se détendaient, vers l'odeur, vers le murmure et la caresse de l'eau, et elle l'entendit commencer à boire. Elle lui mit la main sous la joue et sentit la trachée aspirer et vibrer, et sentit dans sa gorge le passage vigoureux de l'eau, puissamment et irrésistiblement canalisée comme le passage d'un courant électrique dans son cou et ses mâchoires. Au bout d'un moment elle lui dit de nouveau « viens » et ils traversèrent ensemble le cours d'eau, le froid leur montant dans les jambes, rejoignirent les joncs, s'y frayèrent un chemin et se hissèrent sur la terre ferme. « Alors tu vois » dit-elle à haute voix, et elle le guida sous les hêtres jusque là où les arbres poussaient le plus dru et le conduisit à travers le sous-bois, ses pieds nus se dérobant de douleur sur le côté, mais continuant à l'y mener farouchement. D'abord l'allée cette première nuit, pensa-t-elle, et après cela l'herbe et l'eau, et maintenant les arbres et ce qui le fait trébucher sous le pied pour dire : Rien n'a disparu, cheval aveugle, rien n'a changé. Lorsqu'ils furent arrivés à la lisière elle s'arrêta de nouveau et tira sur sa face les branches d'aubépines en fleurs, les tirant doucement vers le bas et les laissant doucement l'effleurer en remontant comme les voiles de quelque inexplicable équivalent de la vue. Cette nuit-là, elle le ramena par le marais où, de jour, l'on pouvait voir pousser les iris jaunes, et il n'hésita point mais chercha son chemin avec elle à travers les invisibles lis odorants dans le noir.

Toute la journée il se tenait debout dans sa stalle avec la jument ou une pouliche pour compagnie deux box plus loin, étrillé et pansé et la place nettoyée, le chat entrant par la fenêtre pour se frotter contre sa jambe. De jour il était cela, le prisonnier, le condamné à mort dans sa cellule vivant ses ultimes heures de vie, non d'une espèce à jouer aux cartes et fumer les dernières cigarettes avec les gardiens, mais figé dans une attente absolue, en silence. La nuit la porte de l'écurie s'ouvrait et le verrou de celle du box se levait et, frappé de cécité et d'étonnement, il sortait avec elle dans le monde peu à peu reconstitué, peu à peu réengendré et infini ; jusqu'à ce que vînt la nuit où elle ne prit plus les rênes pour les lui passer en avant par dessus la tête afin de le faire se tourner dans la stalle et de le guider à travers l'écurie jusque dehors dans l'obscurité bruissante d'insectes. C'était la sixième ou septième nuit et, une fois qu'il fut bridé, elle le poussa pour passer, ouvrit la porte du box et, plantée sur le plancher de l'écurie, elle dit « Allez, mon beau », d'une voix assez nonchalante, mais tandis qu'elle était là dans la complète obscurité de l'écurie son cœur se mit à vibrer. Elle se tenait les mains plaquées fort contre ses flancs, ses yeux étaient clos, serrés comme des poings, dans son visage, et elle resta plantée là, osant à peine écouter le piétinement confus des sabots qui cherchaient leur position tandis qu'il se tournait, attentive non au bruit réel mais à ce qui pourrait arriver s'il tâtonnait et manquait l'issue étroite. Il aurait pu se passer des heures – cela dura moins d'une minute – avant qu'il fût hors de la stalle et que ses naseaux vinssent fouiller l'air à sa recherche, les sabots ayant troqué leur coup assourdi sur la brique couverte de paille pour leur son mat sur le bois, et alors il lui posa les lèvres sur l'épaule. « Il fait aussi noir que l'est ton riflard », dit-elle, et elle lui fit franchir le madrier du seuil. « Je n'y vois pas plus goutte que toi. » Elle tremblait de tous ses membres, comme sous la morsure du froid.

L'Irlandais répondit sur-le-champ, commençant sa lettre avec gravité par « Chère Mlle Lombe » ; elle la montra à Candy. « Il ne peut pas venir à cause de son bras, à cause des pansements », dit-elle. Candy s'était rendu à Pellton par le bus du matin pour acheter deux romans policiers en éditions brochées chez Woolworth dans Fore Street, et il était assis sur la véranda dans le fauteuil indien à dossier en éventail lisant *Wanton Killing* dans une douce paix rasé de frais et impeccablement harnaché (car cela tuerait les heures de l'après-midi et une partie de la soirée, cette histoire qui ne traitait pas un seul instant de gens mais de contrefaçons, de détective, de famille, de docteur et de cadavre, d'une facture familiale). Sur le coin de la table de ping-pong reposait l'autre, *Murder in Hand*, encore intact et merveilleusement vierge (instrument qui se tenait prêt à catapulter l'après-midi et la soirée du lendemain dans une insensibilité éternelle). « Il dit qu'il aimerait te rencontrer, Candy, mais il ne peut pas venir », dit la fille, « mais regarde, tourne la page », et elle la lui tourna. « Regarde ce qu'il dit à propos des chevaux. » Les rosiers grimpants, leurs feuilles et leurs nouveaux boutons également piqués de rouille par le temps, poussaient maigrement autour d'eux, s'élevant sans fleurir sur le treillage oxydé. L'après-midi était grise et figée, une journée chaude, lourde, terne comme du fer, en arrière-plan de l'aubépine et des érables qui se dressaient immobiles sur la pelouse. Les abeilles isolées qui voguaient à grand bruit vers les caillots noirs de roses qui ne parvenaient pas à s'ouvrir étaient aussi incongrues que des colibris sondant des fleurs de granite en quête de succulence. Candy posa son roman policier ouvert sur le bout de la table de ping-pong et regarda la lettre qu'il avait pris dans sa main.

« J'ai souvent vu et monté des chevaux aux yeux "murés", par la cataracte (très courant), des chevaux aveugles d'un œil, et j'ai connu un ou deux cas de hunters rendus totalement aveugles par accident. Ils n'ont pas été abattus, cependant, mais affectés aux travaux de la ferme, où... » Il s'arrêta de lire à haute voix, songeant : S'il venait j'irais le chercher à la gare, à Monkton Junction ou Eastleigh, et s'il arrivait par le dernier train le pub serait ouvert et devant un verre nous pourrions arriver à quelque chose et pendant cette demi-heure, au cours de ce processus pour y arriver, nous parlerions comme des hommes. Rien que pendant cette demi-heure avant que nous revenions ici à la maison nous serions deux hommes qui parlerions ensemble, jusqu'à ce qu'il m'ait vu pour ce que je suis, l'élément incongru, la seule méprise, objet de méprise comme le futile, l'oisif, l'évasif doit l'être dans un décor d'activité, de dressage, de trépignement, d'accouplement ; comme sont objets de méprise les sans-le-sou importuns et déguisés une fois démasqués. S'il vient, dans un premier temps mes vêtements (tellement semblables à ceux d'autres hommes) m'aideront à passer la rampe, ainsi que ma manière accueillante, pendant la première demi-heure devant le premier verre ; et puis il verra le roman policier et les heures de flemmardise durant lesquelles personne ne vient me trouver, ni subordonné ni égal, pour demander l'autorisation ou la permission, et enfin il verra le verre vide sous le fauteuil.

« Continue », dit la fille. « Lis le reste », et Candy, songeant au roman policier et au verre vide comme à une arme et un insigne, continua de lire à haute voix :

« Ils n'ont pas été abattus, cependant, mais affectés aux travaux de la ferme, où ils se sont très bien comportés. Je ne sais rien de la rétinite. » La mère sortit par la porte de la salle à manger sur les dalles de la véranda, le panier garni du déplantoir et de la fourche suspendu à son avant-bras, et ses vieux gants de jardinage enfilés sur ses mains. Elle marqua une pause comme si les roses et non les mots l'avaient arrêtée, et toucha les feuilles rouillées du bec du sécateur. « J'imagine que ce n'est pas une affliction très courante », continua la voix de Candy. « Tout ce que je sais, c'est que la rétine est cette partie du fond de l'œil qui fait mal quand on passe brusquement de l'obscurité à la lumière. »

« Qui est-ce ? » dit la mère d'un ton léger, sans importance. Elle se tenait debout près d'eux comme une étrangère sous les rosiers grimpants affligés, les yeux pénétrants, en pleines conjectures, comme dans toute rencontre humaine, ou cherchant seulement en vain à rencontrer la vision froide, mystérieuse, de leurs grands yeux transparents. Le père leva la tête, s'éclaircit la gorge et sourit en laissant paraître soudain un soupçon de défi sous sa petite moustache soignée.

« Oh, c'est M. Sheehan », dit-il gaiement. « M. Sheehan lançant un appel à tous les émetteurs. »

« Qui est M. Sheehan ? » dit la mère et elle sourit d'un air plutôt aigre aux feuilles brunes ridées.

« Il est irlandais », dit Candy, tournant la page de la lettre comme si le timbre réel de sa nationalité pouvait être apposé là en évidence pour l'œil. « Un rude gaillard... »

« Je l'ai rencontré à Florence », poursuivit la fille. Elle se tenait sans bouger à côté de la table de ping-pong, ses yeux s'immobilisèrent, ses lèvres cessèrent de se mouvoir, ses mains et les minces avant-bras nus et blancs pendant absolument inertes des manches relevées jusqu'aux coudes de son tricot gris. J'ignore tout d'elle maintenant, tout, songea la mère avec amertume. Elle regarda de travers, cherchant à trouver et cibler le regard fixe des yeux de sa fille, songeant : Ah, oui, me voici telle que tu me vois, la vieille femme qui ne peut plus remonter bien loin dans ses souvenirs, le capitaine de navire qui aurait pataugé s'il n'avait pas enfilé les bottes masculines et revêtu les insignes masculins, la vieille femme qui tend à engraisser à présent dans l'attirail d'emprunt permanent qu'un homme, et non une femme devrait porter.

« Voilà qui est très intéressant, mais tu n'es pas forcée de faire la tête à ce sujet », dit-elle à haute voix.

« Je ne fais pas la tête », répliqua la fille, et elle se mit à vibrer malgré elle, non seulement les os et la chair mais jusqu'à la moelle elle-même, tremblant et se désagrégeant. Pas de chair de poule sur ses bras nus, cependant elle sentait son cœur, sa substance s'ébranler en elle et ses dents claquer dans sa tête. « Il s'y connaît beaucoup en chevaux. Il dit qu'on n'est pas obligé d'abattre les chevaux aveugles. »

« Si, tu fais la tête », dit la mère, et sa main tenant les cisailles de jardinage tremblait aussi. « Tu as manigancé quelque chose ; allons, Nan, tu sais que tu as manigancé quelque chose que tu ne veux pas que je sache. »

« Il dit qu'on peut affecter les chevaux aveugles aux travaux de la ferme, et donc si un cheval aveugle peut être mis au travail, alors je peux monter le mien, je peux lui enseigner », dit la fille. Elle se tenait debout regardant immobile, calmement au-delà, au-delà de sa mère et par delà le gazon, au-delà cette journée même ce but irrésistible, à des semaines ou des mois peut-être en avant, apercevant presque le plat de la victoire sur lequel le cheval rentrerait sans y voir d'un galop lourd, devançant les pur-sang aux bons yeux, franchissant les obstacles les plus hauts, les fossés les plus larges. « Je sais que je pourrais enseigner au mien », dit-elle, tremblant devant la vision encore floue de l'avenir. « Je pourrais le sortir un petit peu tous les jours, un peu plus chaque fois... »

La mère tendit le bras pour prendre la lettre de l'Irlandais de la main de Candy et elle dit :

« Je ne te laisserai pas monter un cheval aveugle et te tuer toi et la pauvre bête. Dieu merci, il y a une façon plus humaine de la tuer... »

« Brigand est un Le », dit la fille. « C'est un garçon. Tu devrais en parler comme cela. »

« C'est un hongre », répliqua la mère. « Il n'est nul besoin de le flatter d'un sexe. » Elle tourna les trois pages de la lettre de M. Sheehan et ajouta : « Il a trouvé le temps de t'écrire un tas d'absurdités, ton jeune chevalier servant », et de cette voix étrangement patiente et étrangement peinée en même temps, le pouce dans le gant de cuir fendu, blanchi et raidi par la boue tenant la feuille, elle lut les phrases de la dernière page. « Il est facile de changer de façon abrupte la réceptivité d'un animal à l'égard du monde car dans son existence bi-dimensionnelle tout pénètre de l'extérieur. Pour les animaux un soleil nouveau se lève tous les matins et un nouveau matin advient avec chaque jour qui point. Il n'y a que le raisonnement humain qui soutient que c'est le même soleil qui se lève et la même lune qui décline. C'est là où Rostand n'a pas compris la psychologie de "Chantecler". Le coq ne pouvait pas penser qu'il réveillait le soleil en chantant. Pour lui le soleil ne va pas se coucher, il s'en va dans le passé. »[1] « C'est plutôt un intellectuel, ton M. Sheehan », dit la mère, parlant sans rancœur comme si elle connaissait et acceptait à présent la fin de l'histoire. « Ainsi vous pouvez assez naturellement et, penserais-je, avec une relative facilité, offrir à votre cheval un nouveau monde d'action en lui donnant un discernement nouveau pour les mouvements qui s'opèrent autour de lui. Je pense que c'est ce que vous vouliez dire, ou plutôt ce que... » La mère interrompit soudain sa lecture et retourna d'un coup sec la lettre à Candy là où il était assis dans le fauteuil à dossier en éventail. « Ce genre d'affaire ne va nous être d'aucun profit », dit-elle.

« Allons », dit Candy, et il leur sourit à toutes deux avec le même petit sursaut de courage qu'auparavant. « Du point de vue de ce que nous coûte ce cheval, si je me mettais à renoncer à mon excellent tabac, tu

---

1. P.D. Ouspensky, *Tertium Organum*, rev. ed., Knpf, 1922. (NdA).

sais, et à mes cigares, pour m'en tenir à cette sorte de foin pour la pipe qui me fait tourner la tête, cela devrait suffire à subvenir à la nourriture et à la boisson de ce gars durant un certain nombre de mois. » Son petit menton rond soigné était levé, dégagé du col mou de sa chemise et de la cravate en tricot bleu pâle, et ses mains se cramponnaient aux bras d'osier du fauteuil. « Je ne veux pas que Nancy le monte, non, cela je ne le veux pas », dit-il. « Je ne veux pas voir Nancy qui trébuche alentour sur un cheval aveugle, mais je dis laissons-la l'avoir pour cet été en tout cas. Elle peut l'emmener arpenter l'allée si elle le désire aussi sérieusement que cela. Ce copain irlandais, ce gars Sheehan, il a l'air de s'y connaître... »

« Ah, ta mollesse incurable, la tienne et la fausse mollesse de Nan », dit la mère d'une voix sourde remplie d'amertume. Elle regarda ses mains courtes, impuissantes, qui pendaient des manches de la veste de gentilhomme terrien, les ongles arrondis, récurés et blancs, sur les doigts enfantins qui se cramponnaient aux bras du fauteuil, et le verre vide soigneusement rangé sous le siège. « Laisser cet animal croupir dans la cécité là-bas tout l'été ? Quelle espèce de sentimentalité est-ce là ? Pour sa santé, tout cheval doit avoir sa séance d'entraînement, mais vous le garderiez enfermé là-bas à faire un pas ou deux dans l'allée chaque jour, et vous lui briseriez le cœur et l'âme pour son bien ! Si vous continuez tous les deux », dit-elle, toute entière à sa colère, « j'abattrai moi-même ce fou de cheval, de ma propre main je le ferai, car je suis la seule ici qui aurait la compassion de le faire... »

Le dixième jour il faisait chaud, une vague de chaleur s'était abattue sur le pays, et, la nuit, la lune montait en pleine clarté. Au dîner Mme Lombe annonça qu'ils allaient laisser les yearlings dehors toute la nuit dans les pâturages en altitude, et, en en rêvant, la fille se réveilla comme elle le faisait désormais toujours peu après minuit, émergeant rapidement et sans coup férir du sommeil nuit après nuit d'été comme si quelqu'un pénétrait dans la pièce à l'heure indiquée pour lui toucher le bras et lui dire qu'il était temps d'y aller. Elle pensa tout de suite aux yearlings dans les herbages, se leva, enfila ses pantoufles et son tricot et se rendit à la fenêtre ouverte sur le toit de la véranda. S'ils sont dehors, il a le droit de monter là-haut paître auprès d'eux et leur parler de l'autre côté des barrières, ou même... Ou même aller un moment en liberté avec eux. La chose non encore formulée se dessinait : non pas avec les poulains, fut-elle près d'en former le projet en traversant l'herbe et les parterres de fleurs pour gagner l'écurie. Les poulains jouent ensemble aussi sauvagement que des chats, mais les pouliches sont douces, pensa-t-elle, sans que sa décision soit arrêtée tandis qu'elle repoussait de l'épaule la porte de l'écurie.

Ils allèrent au bout de l'allée, et obliquèrent cette fois sur la route montant vers le haras, le cheval attendant tandis qu'elle ouvrait le portail peint d'une couleur pâle, puis la suivant lorsqu'elle prononça son nom. Les bâtiments principaux se dressaient devant sur la hauteur, d'un blanc éclatant sous la lune : les box des poulinières donnant au sud sur les pâturages en contrebas, les greniers et les dortoirs des hommes au nord, et le pavillon du palefrenier plus proche, blanc sous son toit de chaume, s'élevant à droite de la route. Elle pensa : je m'imaginais que les jockeys et les palefreniers ne se mariaient jamais, comme s'ils n'étaient pas à des hommes, ou en tout cas pas des hommes à part entière, mais juste des hommes tronqués comme ça pour convenir à un cheval, et pourtant il y a là derrière ces fenêtres le palefrenier marié qui dort avec sa femme. Je me les imaginais tous comme quelque chose de moins que des hommes car plus que des hommes, comme des immortels, les jockeys et les palefreniers et les chasseurs et les vétérinaires, mais quoi qu'ils disent à présent je ne suis pas dupe. Je vais monter mon cheval, peut-être pas cette nuit ou la nuit de demain, mais à la fin je vais le monter. Le cheval et elle émergèrent de l'ombre des pins et des hêtres, sortant de l'obscurité précisément délimitée par les arbres et s'avançant dans la campagne à ciel ouvert blanchie par la lune comme s'ils s'avançaient dans la lumière du jour. Les bâtiments et le pavillon étaient d'une blancheur d'os, les champs, les pâturages pommelés par la lune, les haies de prunelliers enveloppées de silence tandis que la fille et le cheval les longeaient sans s'écarter de l'herbe afin de ne pas faire de bruit, pour que leurs pas soient étouffés comme ils passaient devant les fenêtres closes et s'éloignaient de nouveau dans la campagne à ciel ouvert, ces deux survivants cheminant à travers une terre blanchie frappée par la peste.

Près des bâtiments s'étendaient les petits enclos où les juments étaient renvoyées tout de suite après avoir pouliné, et à proximité de ceux-ci les paddocks des poulinières, plus longs, plus vastes, mais pareillement à l'abri de la maison sise au nord. Plus au loin (même enfant elle avait ressenti dans le vaste déploiement à ciel ouvert de la terre l'élément de la jeunesse et de sa frénésie), il y avait les enclos des yearlings, qui s'étiraient à perte de vue, acre après acre, jusqu'à la pente des vergers. Loin en contrebas, invisible, inaudible, presque hors d'atteinte de la lune, le ruisseau poursuivait sa course. Les enclos sis près des bâtiments demeuraient vides sous la vaste lumière de la nuit, car les juments et leurs poulains étaient enfermés jusqu'à ce que la rosée du matin se soit évaporée de l'herbe : à l'intérieur des murs ils faisaient encore un, jument et poulain, dans leurs box, partageant le même air fleurant bon le fourrage, fleurant bon la paille. Pour un peu de temps encore petit et mère se pressaient corps contre corps, sortaient dans le matin membres contre membres, la mère dormant à présent la tête baissée et le poulain les jambes repliées sous lui, le nez reposant vulnérable sur le foin piétiné.

Le temps du sevrage n'était pas encore venu et le poulain faisait encore parade de sa lèvre et de son œil obstinés, récalcitrants, son ventre luisant monté sur des échasses, pour un peu de temps encore tirait d'elle son lait, buvait dans le même seau en bois, léchait le même bloc de sel. Cela viendrait, croîtrait jusqu'à son paroxysme de chagrin, puis décroîtrait comme la saison des amours : ils seraient arrachés l'un à l'autre, le poulain à la mère, et la mère au poulain, et deux jours durant ils ne mangeraient pas, galoperaient le long des barrières de l'enclos à la recherche l'un de l'autre et s'appelant, le temps que la peine s'engourdisse lentement et finisse par s'éteindre complètement dans leur chair. Pendant deux jours de plus ils resteraient les yeux fixés sur rien hormis le souvenir l'un de l'autre jusqu'à ce que les linéaments de cela s'évanouissent aussi, et lorsque le poulain fléchirait la tête pour brouter de nouveau les herbes, une partie de cette arrogance intrépide et farouche aurait disparu, déjà et pour toujours.

La fille et le cheval passèrent à côté des portes, des poteaux et des barrières laquées d'un blanc éclatant qui délimitaient les enclos, remontant la route qui les séparait. Et comme ils cheminaient les poulains se mirent à s'approcher des barres et à pousser des hennissements vers eux, d'abord au bruit des pas, puis en les voyant passer au clair de lune, et le hunter leva la tête au bout de ses rênes et la tourna vers leurs voix carillonnantes. Pas ici, dit la fille, et elle le tira de l'avant ; ce sont les poulains et ils joueraient trop brutalement pour toi et te blesseraient, mais les sottes voix claires continuaient à l'appeler. Il y avait plus qu'un bon demi-mile jusqu'au dernier grand enclos où les pouliches étaient laissées en liberté par des nuits comme celle-là, et sur toute la longueur du chemin les poulains galopèrent jusqu'aux barres hennissant, d'un galop léger en couples dans l'herbe éclairée par la lune. C'était seulement dans les lointains que le pouvoir de la lune semblait mis en échec, annihilé dans le dédale de pins, de myrtes, et d'arbres rabougris sur la pente à l'ouest exposée au le vent.

Au premier abord aucune des pouliches n'était visible, perdues qu'elles étaient dans le trèfle abondant au bout de la prairie, ou dormant debout dans les huit acres de l'enclos, leurs cous fléchis les uns sur les autres. La fille grimpa sur la barre supérieure et s'assit là dans la chaude nuit qu'on eût dit d'Italie, les pantoufles pendantes à ses pieds nus, le tricot à manches courtes déboutonné. « Viens », dit-elle, et il hésita un instant tandis qu'elle le tirait en avant par les rênes, sachant sans voir (peut-être parce que ma voix vient à présent d'en haut et non d'à côté de lui) que la barrière se trouvait là. « Viens », dit-elle, et alors il s'avança prudemment jusqu'à ce que le large poitrail vînt s'arrêter tout entier contre les barres. La tête pendait longue et totalement paisible, patiente à côté d'elle, la longue lèvre flexible apparemment prête à sourire si seulement le don de l'humour ou de la fantaisie lui avait été accordé, la mèche frontale détrempée prête à friser dans la douceur de l'air pur humide de rosée. Au bout de quelques temps les pouliches se mirent à remonter l'enclos au clair de lune, d'abord une, puis une autre, par deux, et maintenant par trois, choisissant leur chemin comme les daims, leurs têtes dressées haut et leurs oreilles délicates inclinées en avant, jusqu'à ce qu'enfin les neuf qu'elles étaient se fussent approchées des barrières de manière hésitante, leurs naseaux levés sans timidité pour goûter l'odeur et la substance du cheval et de la chair humaine.

Aucun des hommes qui dormaient dans les bâtiments, pas même le palefrenier dans son pavillon ne l'entendit, même si Apby émergea soudain en sursaut de son sommeil au souvenir du bruit d'un cheval passant sur l'herbe, sans courir, marchant simplement en silence, peut-être sur le talus en bordure de la route. Lui qui avait cherché à devenir jockey et qui n'avait jamais couru sauf dans des foires de campagne, rêvait alors de toques colorées, de casaques en satin rayées, de fanions étroits flottant sur la tribune, et sur la piste rapide des songes, à travers les acclamations, il perçut le passage étouffé des pieds du cheval sous la fenêtre. Il n'y avait pas de cheval en vue au moment où, sorti de son lit, il ouvrit les volets, mais il enfila tout de même son pantalon et descendit l'échelle dans la salle de mélange des aliments, déverrouilla la porte et sortit sur la route. Il resta planté là un instant essayant de capter de nouveau le bruit, et il l'entendit qui s'éloignait, de plus en plus faible, comme deux mains applaudissant de plus en plus lentement, lointainement, faiblement, jusqu'à ce ce que le bruit eût cessé complètement. Il y a un cheval lâché là-haut près des derniers enclos, se dit-il, et il se mit à marcher dans cette direction.

Chapitre 5

MAIS DU moins garda-t-il le secret, ne rapporta-t-il rien ni aux autres palefreniers ni aux maîtres car, en gardant le silence à ce sujet, le différend entre lui et la fille, née de cette controverse à propos de l'âge du cheval, était terminé. Elle était assise sur la barre supérieure du portail quand il remonta la route, et les pouliches galopaient comme des folles dans l'enclos, leur groupe tournoyant de concert, se relayant l'une après l'autre en tête ; elle se mit à lui parler sans se tourner vers lui, comme si elle s'était attendue à sa venue ou à celle de n'importe qui auquel elle pouvait dire de venir se poster là, regardant par dessus la barre supérieure les chevaux faire les fous sous la lune. Elle dit : « C'est mon cheval qui est dedans avec elles. » Elle avait les mains refermées en poings et, du gauche, elle n'arrêtait pas de se marteler le genou en les observant qui viraient et reviraient dans un coin, balayant sauvagement le terrain. « Mon cheval court là-dedans avec elles, regardez, il est avec les trois dernières, mon cheval aveugle qui court... »

Les pouliches passèrent devant les barrières, leurs cous et leurs épaules se penchant dans le virage, crinières au vent, et dévalèrent au galop la pente vers l'endroit où passait l'eau, disparurent, puis remontèrent du côté opposé du champ comme le vent qui monte en rafale, et le hunter avec elles, le grand corps sévère, décharné, s'étirant de tous ses membres en même temps qu'elles tandis qu'elles virevoltaient dans l'herbe. Elle dit : « Je lui ai ôté la bride et lui ai ouvert le portail », la main serrée violemment et se martelant le genou en les regardant aller. « Je lui ai donné un grand coup et il est allé se mêler directement à elles. J'ai gagné », dit-elle, sans tourner la tête vers lui. « J'ai gagné contre eux tous, même contre vous, Apby. J'ai gagné. »

Il demeurait jambes arquées et l'air rapetissé en dessous d'elle, s'appuyant d'un air obstiné sur le portail peint, les bras levés et croisés sur la barre supérieure et le menton posé sur eux, presque sans appartenance de classe maintenant qu'il s'appuyait de manière insolente sur la barre à côté d'elle, en contrebas, en ce lieu où, à cette heure, ils n'avaient pas le droit d'être.

« Non, vous n'avez pas gagné, vous n'avez rien gagné du tout », dit-il, appuyé là, à côté d'elle, en contrebas, avec hardiesse et désinvolture. Dans un instant il sortirait peut-être une cigarette de la poche de sa culotte de cheval et y porterait une allumette, et il resterait là, à fumer, sans un « sauf votre respect » ou un « si vous permettez » et la laisserait pendre sèche à sa lèvre tandis qu'il continuerait à dire au clair de lune : « Vous n'avez pas gagné car ce n'est rien ce que vous donnez à ce cheval, ce n'est pas une vie pour un cheval adulte, de paître et de s'ébattre avec des yearlings, de courir comme ça, comme peut-être une centaine de chevaux aveugles courraient avec leur espèce. Ça ne lui est d'aucun profit », dit-il, et elle le toisa rapidement du regard, le voyant comme un inconnu désormais que la casquette tachée à carreaux marron et blanc était absente et que les cheveux paraissaient, encore plaqués sur le crâne au sortir du sommeil ; voyant le petit visage au profil de lutin de l'homme à tout faire des chevaux, le visage à l'ossature délicate du gérant de leur chair, l'inévitable régisseur de leurs rapports intimes. Peut-être n'y a-t-il jamais personne qui soit pourvu de gros os et bon en matière de chevaux, mais uniquement ces moitiés d'hommes, pensa-t-elle tandis qu'il disait : « Qu'avez-vous gagné si vous ne lui avez pas trouvé son emploi ? Tout ça c'est très bien, mais ce n'est pas lui trouver son emploi. »

« Mais il n'est nul besoin de l'abattre maintenant », répliqua-t-elle. « Personne au monde n'abat un cheval capable de courir comme cela. Personne de vivant... »

« Quelle sorte de marché lui offrez-vous là ? » insistait le palefrenier, son menton reposant sur ses bras sur la barre tandis qu'il regardait les chevaux au galop s'engager dans la pente. « Vous ne lui offrez pas grand-chose en vous contentant de l'envoyer sur l'herbe pendant le temps qui lui reste. J'ai connu quelques chevaux dans ma vie, et m'est avis qu'il préférerait être mort que dans l'écurie et au pré année après année comme il le serait. » Les chevaux se dirigèrent de front vers le portail, puis infléchirent leur course et dévièrent comme une volée d'oiseaux ; fléchissant encore ils coupèrent court au coin, et les cheveux de la fille se soulevèrent de son cou au vent de leur passage pour retomber lentement une fois ceux-ci passés. « L'herbe est pas toujours l'heureux foyer du repos », dit Apby. « Vous avez le mois de juin et c'est le meilleur ici, et après juin les mouches commencent à faire perdre la tête aux chevaux, et quand on est rendu à la fin de septembre et au-delà, l'herbe n'a pas plus de goût que du papier. »

« Parce que vous le voulez mort », fit-elle, regardant droit devant elle l'enclos. « Vous le voulez tous. » Alors le palefrenier ôta ses bras de la barre supérieure et pêcha dans la poche de sa culotte de cheval la cigarette qu'il sortit et redressa entre ses doigts avant de se la mettre dans la bouche, de gratter l'allumette et de la tenir, étincelle flamboyante de ce qui aurait pu être la vie même, un instant à l'abri dans la coupe de ses mains osseuses tandis que la tête baissée, la bouche inclinée, se penchaient vers elle, et que les petites mâchoires aspiraient rapidement l'air. « C'est tout systématisé avec vous et avec tous les autres », disait la fille, l'observant à présent qui éteignait en l'agitant la flamme de l'allumette avant de la laisser tomber dans l'herbe. « Tant de box, tant d'espace, tant de mains pour le travail, alors... »

« Vous lui trouvez son propre travail à faire et je serai le premier à le soigner », dit-il, croisant de nouveau ses bras sur la barrière et la cigarette pendant à sa lèvre arrogante. « Faites de lui un cheval aussi longtemps que vous ne pourrez jamais en faire un père », dit-il, l'humeur devenue grossière et libre comme si c'était un autre palefrenier, non une jeune fille et non une patronne, qui était assis sur le portail au-dessus de lui. « Vous lui donnez de quoi s'occuper et je serai le premier à m'occuper de lui matin, midi et soir », dit-il, et la fille s'empressa de répliquer :

« Je ne vous laisserai pas le toucher. »

« Sellez-le, c'est moi qui vous le dit, sellez-le », continua le palefrenier. Il tira avec modération sur sa cigarette, laissant la cendre croître, laissant avec modération monter la fumée. « Il est assez bizarre par rapport à tout ce que j'avais vu jusque-là et il vous laissera donc probablement le faire. Sellez-le et donnez-lui ses allures. Mettez-le en bride complète et essayez-le. »

Et voilà que les pouliches, comme à un signal donné, se séparèrent soudain près de la barrière et se dispersèrent tranquillement ; douces comme des juments et avec la même sagesse de la maturité, elles secouèrent leurs crinières sur leurs cous et laissèrent choir leurs têtes pour brouter. Seuls leurs flancs et leurs ventres palpitant témoignaient encore de leur fol abandon sauvage, et lentement, à longs pas traînants, elles s'éloignèrent en mangeant l'herbe. Durant un moment le hunter fut abandonné là dans l'isolement, tandis qu'elles partaient, nonchalantes, dans leurs directions séparées, sa tête dressée et aux aguets, peut-être en quête de la vue maintenant que le mouvement compréhensible de la volée avait cessé ; et puis brusquement il ne chercha plus. Que ce fût le bruit de leur respiration encore chaude qui n'avait pas décru, ou celui de leurs dents arrachant l'herbe qui parvînt à présent à ses oreilles et apaisât l'affolement équivoque de son cœur, la fille qui le guettait du haut du portail le vit laisser choir sa longue tête puissante et se mettre à brouter les herbages comme les autres, et se mouvoir, comme les autres, pas à pas prolongés, à demi arrêtés, paissant en paix dans la nuit mystérieusement radieuse.

Deux jours après cela, elle écrivit de nouveau à M. Sheehan :

« Au début cela n'a pas très bien marché car quand j'étais sur son dos mon cheval s'affolait facilement et il hésitait à marcher sur la route. Si je descendais et prenais la tête il avançait très bien, ou il me suivait très bien, mais lorsque je remontais cela recommençait. Il tâtait le terrain tout le temps de son pied antérieur avant d'avancer, ou il s'arrêtait net, pensant peut-être qu'il y avait un trou qu'il ne pouvait pas voir devant lui. Mais j'ai réussi à lui faire faire le tour par le long chemin qui longe le ruisseau jusqu'à l'enclos où il n'y avait pas de chevaux de sortis. C'est l'un des enclos des poulains et c'est un carré de plus de huit acres. Quand il se rappelait qu'il ne pouvait pas voir il s'arrêtait tout d'un coup et cela aurait pu être mauvais si vous alliez vite, mais peut-être surmontera-t-il cela aussi. J'essaie avec lui l'appuyer car j'ai connu pas mal de chevaux et je ne trouve aucun avantage à juste l'envoyer à l'herbe. » Venait alors l'assertion de l'autorité juvénile et du non moins juvénile plagiarisme : « J'ai remarqué que l'herbe n'est pas toujours pour eux l'heureux foyer du repos. Il n'y a que le mois de juin ici et après cela les mouches commencent à les harceler, et tout le monde sait que l'herbe d'automne a pour eux un goût de papier. Mais un cheval n'est pas bon pour lui-même ou pour quiconque s'il n'a pas un emploi ou un travail à faire, et l'entraîner à obéir peut lui donner un emploi de sorte que même s'il est aveugle il puisse recommencer à vivre sa vie. »

Ainsi la bataille avait-elle maintenant un autre aspect, les forces en présence se trouvaient un peu modifiées. Du côté de la mort, des cohortes merveilleusement équipées de l'extinction, il y avait la mère, les vétérinaires et le palefrenier d'autrefois ; de l'autre l'Irlandais qui soignait son bras là-haut à Londres et qui lui écrivait, ainsi qu'Apby désormais aux ordres. Entre les deux partis Candy s'égarait comme une victime d'amnésie aurait pu errer, la signification de la controverse perdue dans la confusion, le nom oublié, seul le sentiment d'urgence, bien qu'embrouillé et incomplètement défini, demeurant présent. Il se tenait à la fenêtre de la salle à manger le soir, scandant du bout des doigts les vers sur la vitre qu'avait tachée la pluie : « Oh, Nancy, Nancy, ton père qui t'adore, craint que les circonstances ne viennent justifier... » Ou « Si tu t'es jamais mise en tête, de monter un cheval qu'on devrait... » Ou « Si tu as jamais chevauché ce cinglé de hunter – punter, munter, bunter, runter. » Ses doigts tambourinaient sur le verre au rythme de ce qu'il inventait, cherchant un moyen, si moyen il y avait, d'établir une trêve entre vouloir et vouloir sans avoir à déclarer lui-même quoi que ce soit ou à arrêter aucun choix. Parce qu'il devait y avoir une fin à cela il était presque persuadé à présent que l'alternative résidait entre deux morts : soit la mort provoquée du hunter, soit la mort de la fille si elle le montait, et le danger du cheval semblait imminent, la menace de l'inhumaine puissance équine semblait prête à jeter à bas les braves et les hardis et à piétiner à mort leur vie. Il restait debout à tambouriner sur la vitre et à observer la venue du soir, le doux soir de juin dans lequel tonnait le défi des bêtes aux cous épais, aux cuisses monstrueuses, aux têtes osseuses, qui déboulaient dans leur démence vers les arbres (il avait lu des histoires d'hommes tués délibérément par des chevaux qui utilisaient les arbres comme dernier recours, branches basses ou troncs, pour désarçonner leurs maîtres) ; les voyait brisant leurs jambes sur les obstacles qu'ils n'arrivaient pas à franchir et s'écrasant comme des géants, massifs comme des baleines échouées se débattant sur les corps fragiles, sans défense, des jeunes qui les montaient ; il les voyait dans un steeple-chase, une course d'amateurs ou une chasse à courre, les estropieurs, les meurtriers, lançant dans leur folie des coups furieux à gauche et à droite et au-dessous d'eux, les tueurs hystériques aux durs sabots rompant leurs propres dos en tombant, masse de plusieurs tonnes, tordus, se contorsionnant, se brisant le cou en s'effondrant au-delà des barrières sur les jeunes cavaliers encore incrédules, encore intrépides, monstres agonisants qui tuaient en mourant.

« Tum-te-te-tum, tum-te-te-tum, ta-ta », fredonna-t-il tout haut alors que ce qui ressemblait à une réelle peur physique commençait à lui ébranler l'âme. Il tapota du bout des doigts sur la fenêtre et il pensa : La meilleure histoire de cheval que j'aie jamais entendue était celle concernant le régiment de cavalerie qui galopait ferme, à quatre de front, dans la rue du village, jeunes galants dans leurs uniformes qui faisaient prendre de la vitesse à leurs montures pour montrer à la population, féminine en particulier, comment ils se tenaient en selle. Ah, mais la rue était étroite, les gars, et ah, mais la vanité, ce courant fluctuant qui détourne le flot du sang dans nos cœurs, cravachait les chevaux au-delà du supportable : on eût dit que les yeux bouillaient à leur déborder de la tête, et que leurs langues allaient jaillir écumantes de leurs mâchoires, et leurs poumons éclater et pendre en lambeaux sur l'échafaudage de leurs poitrails, quand, que s'est-il passé, sinon qu'un bidet et un buggy virèrent d'une rue transversale et se dirigèrent paisiblement vers eux, à pas lents, car c'était l'été et le conducteur, les pieds en appui sur le garde-boue, dormait à moitié. Les chevaux, souvenez-vous, laissaient six pouces d'espace libre de chaque côté tandis qu'ils remontaient la rue du village, leurs cous tendus à l'extrême, leurs jambes étirées en quête de l'arme avec laquelle opérer le massacre ; ah, tueurs, concupisceurs, gangsters, voyez le bidet arriver lentement en vacillant, comme dans ces premiers films, ses pieds semblant ondoyer d'un côté à l'autre comme des mouchoirs lentement agités tandis qu'il tirait le buggy à moins que ce ne fût ce dernier qui le poussa vers le bas de la rue, voyez les œillères sur les côtés de sa tête, si vous êtes capable de remonter aussi loin dans vos souvenirs, et les rênes pendant relâchées car le conducteur avait oublié, juste avant de rencontrer la mort, la brièveté du temps accordé à l'homme, et voyez la dernière touche, les pieds comiques en appui sur le garde-boue. Vers ce véhicule familier (si vous étiez en vie à l'époque du cheval et du buggy) et sans importance (si vous n'admettiez pas l'agrégation du temps) qui avançait sans qu'on pensât l'en empêcher arrivait la cavalerie, sans arme autre que la hâte, l'ardeur et la sauvagerie, tandis que les brancards du buggy, telles des lances abaissées sur le qui-vive par des guerriers africains sur la piste, pointaient vers la cible en une préparation circonspecte.

Maudits chevaux, au nom de la jeunesse, Dieu les maudisse, dit Candy, et il se détourna de la fenêtre vers le spectacle de son épouse à travers la porte à deux battants, tricotant à côté de la radio muette. Il y eut six chevaux de moins après ce désastre, se dit-il à lui-même avec plaisir ; et un homme de moins, le conducteur, mourant les jambes dépassant encore du garde-boue comme les pattes d'un oiseau dressées droites en l'air, car il ne se réveilla pas à temps pour avoir le choix, ou s'il avait eu le choix qu'aurait-il pu faire étant donné les deux ou trois mètres seulement qui le séparaient de la horde galopante ? Mais six chevaux de moins, deux d'entre eux transpercés par les brancards du buggy et leurs cœurs embrochés, et quatre autres les épaules brisées et les cous brisés piétinés à mort dans une panique générale, six de moins à s'emballer et se cabrer et se ruer, et les officiers gravement blessés seulement, seulement défigurés. Elle tricotait du rose, la jupe recouverte d'une serviette pour empêcher la laine délicate de se salir, et il pensait « gravement blessés », comme c'est magique, comme c'est vraiment chic et exquis, « défigurés » ou « gravement blessés », les sursis inespérés à la mort. Il se dirigea en flânant sur les petites îles élimées des tapis, les mains dans les poches de sa veste et les pouces soigneusement manucurés dehors, vers sa femme, tricotant quoi ?, se demandant d'un air à moitié jovial : Tricotant quoi, pour l'amour de Dieu ? C'était en partie humoristique, en partie tendre, et en partie la perception absolue, bien qu'à peine reconnue, que ce n'était pas le temps lui-même mais la croyance qu'il y avait en lui des intervalles qui était l'illusion : elle aurait pu être assise près de vingt ans plus tôt en train de tricoter quelque chose pour Nancy qui n'était pas encore née, le même soir, au même dîner, dans le même crépuscule au-delà des fenêtres sur lesquelles la pluie avait depuis longtemps séché. Et en ce même temps, moi qui me lançais dans ce qui devait être ma carrière artistique, la paternité étant l'accessoire et non la clé de voûte de la vie, et qui envisageais alors clairement les traits à présent obscurcis, gâchés, de ce qui aurait dû être honneur et accomplissement année après année simultanée.

« Nan », dit-il, arrivant sur la dernière île où elle était assise abandonnée, « peut-être devrais-tu me faire un aveu », et il fit un geste du pouce en direction de la laine pâle et des aiguilles dans ses mains. Elle entendit le ton en partie jovial, en partie tendre, et elle leva rapidement le regard vers lui, vers la petite silhouette plutôt élégante dans la veste de hobereau, la petite bouche souriant sous la proprette moustache espiègle, et pour une fois elle ne répondit pas comme elle aurait pu le faire. Au lieu de cela, elle rebaissa les yeux sur son ouvrage et elle lui dit pour la première fois :

« J'aurais aimé avoir eu un garçon. »

Pour être ce que je ne suis pas et n'ai jamais été, pensa-t-il aussitôt ; pour faire les trucs durs, éreintants, virils que je n'ai jamais faits à terre, ni femme, ni bête ; un fils non pour prolonger mon sang mais le sien et celui du Major Husen – plein de ressentiment à présent même envers le sang de son père en elle –, le haras, les amours et les accouplements, pour se consacrer à cela, les poulinages, les morts, le cycle tournant sans cesse des accouplements. Il sortit sa main et la posa sur son épaule sans penser aux mots à employer pour le dire, mais commençant simplement :

« Ce sont les gens dont nous nous entourons ou par lesquels nous nous trouvons entourés, peut-être, qui semblent nous transformer en quelque chose que nous n'aurions jamais été. Si tu avais eu un fils tu n'aurais pas eu à être si… si… intrépide. Ce n'est pas exactement le mot mais je veux dire… »

« Je ne suis pas intrépide », dit-elle, la tête baissée, les mains travaillant rapidement à son tricot.

« Si, parce que je suis un lâche il t'a fallu être intrépide », dit-il. « Tu as découvert qu'il te fallait l'être il y a longtemps, trop longtemps, et maintenant tu ne sais plus ce qu'est la peur. Mais je vais me montrer différent vis-à-vis des choses, tu m'as déjà entendu dire cela auparavant, mais cette fois je vais me montrer différent. Je vais essayer de m'impliquer davantage, d'être plus actif, et de te faciliter les choses. J'aimerais que tu aies peur et que tu viennes à moi apeurée, pas tous les jours mais certains. »

« J'ai peur », dit-elle, les yeux rivés sur son tricot. Durant la seconde où il ne la regarda pas il crut, avec la même perception absolue qu'auparavant, que le temps ne s'écoulait pas, en dépit des divisions conçues par l'homme, ni ne fuyait, ni n'avançait, et il entendit sa voix comme celle de son jeune amour et de sa jeune épouse qui disait :

« J'ai peur. J'ai peur pour Nan. »

*

La fille travaillait deux heures chaque nuit, parfois plus longtemps, avec le cheval, travaillait ferme avec lui maintenant que la deuxième semaine s'achevait : l'appuyer pendant le premier quart d'heure dans l'enclos où l'herbe fauchée reposait, et puis la pirouette comme la plus simple des trois voltes équestres. « L'appuyer », disait le manuel qu'elle lisait allongée dans le hamac, « consiste à faire que le cheval se meuve latéralement, en croisant à la fois les pieds antérieurs et les pieds postérieurs, tout en maintenant son corps entier, des naseaux à la croupe, parallèle aux côtés de l'enclos. L'exercice ne devrait être effectué que quand le cheval est suffisamment sur la main. En imposant une forte pression d'une jambe légèrement ramenée en arrière le cheval devrait s'éloigner dans la direction requise. Ses deux jambes d'un côté devraient croiser les deux autres (devant, et non derrière) et il devrait gagner du terrain tout le temps. Sa progression devrait donc se faire à un angle de 45° par rapport aux bords de la route ou de l'enclos. »

Le deuxième quart d'heure était consacré à la pirouette, le seul tour que le cheval effectue naturellement, sans instruction : le genou intérieur du cavalier est le pivot, l'avant-main du cheval tournant vers l'intérieur, son arrière-train vers l'extérieur. Ce ne fut pas avant le dernier jour de la semaine qu'elle essaya le cercle de deux pistes, sur l'avant-main et sur l'arrière-main, et alors « Une forte pression de la jambe intérieure, qui devrait être légèrement ramenée en arrière, et les rênes tenues serrées avec force », disait le manuel. « Le cheval devrait décrire un cercle complet, la tête face au centre et les jambes arrière passant le long de la circonférence. » Ou pour le cercle sur les hanches, lisait-elle dans la chaleur vaguement assoupissante de l'après-midi, le hamac bougeant à peine, sans se balancer mais remuant légèrement, tout au plus : pour cela « une forte pression de la jambe extérieure, devant la sangle, et la rêne extérieure, avec la main sur le cou renversant pour ainsi dire le cheval », et Candy de traverser alors la pelouse, d'un pas rapide, silencieux sur des semelles en caoutchouc, habillé en blanc comme s'il était fin prêt pour le tennis bien qu'il n'y ait jamais ne fût-ce que songer depuis des années, mais il s'était rhabillé, avec froideur et de frais, pour tuer une heure de l'après-midi. Il s'assit sans un bruit, sans un mot, sur le fauteuil en toile à côté de la table en fer-blanc sur laquelle le verre de limonade à moitié vide était posé et, levant les yeux de son livre vers lui l'instant d'avant qu'il parlât, elle vit le petit visage encore sous le choc au-dessus du col ouvert de son polo, toute couleur disparue même de ses lèvres. Bien qu'il eût été rasé de près au déjeuner, ou qu'il ait dû l'être, la peau paraissait en mauvais état comme du cuir chevelu à présent à travers des poils brunâtres et inattendus.

« Penson », dit-il, déglutissant, et il ne la regarda point. Ses coudes nus étaient appuyés sur les bras en bois du fauteuil et ses doigts entrecroisés devant lui. Elle posa le livre, fermé, et s'assit dans le hamac, la forme de la courbe du filet se modifiant tandis qu'elle bougeait avant d'épouser et de garder celle de ses fesses. « Il est arrivé quelque chose à Penson », dit-il, et ses yeux coururent d'un côté à l'autre, piégés dans leurs orbites comme des billes dans une poche. « Un cheval l'a presque tué hier soir. J'ai rencontré sa femme à Pellton, je suis tombé sur elle dans la rue alors qu'elle revenait de l'hôpital. » Ses yeux fuyaient à toute vitesse cette vision, et la fille assise devant lui dans le hamac qui bougeait à peine, ses jambes nues pendant sveltes et blanches de sa jupe et ses pieds

nus, veinés de bleu et étroits dans les sandales non attachées, se balançant légèrement juste au-dessus du cercle de terre rapée sous le hamac et les arbres à l'endroit où des pieds s'étaient toujours balancés.
« Aux environs de Buxton, je crois qu'elle a dit. On l'a appelé pour examiner un cheval », poursuivit-il, ses yeux bougeant à toute allure, « et les fichus fermiers n'ont pas tenu l'animal correctement. C'était un gros cheval de trait, lourdement ferré, et, bon Dieu, il a chopé le pauvre Penson en pleine figure. Une pointe du talon droit dans l'œil, disait-elle, et l'autre pointe lui a talonné la voûte du palais, et aussitôt que la brute l'eut renversé elle dit que les ouvriers de la ferme ont fui à une lieue. Ils ont laissé Penson gisant là dans l'écurie et appelant à l'aide jusqu'à ce qu'un ou deux d'entre eux rassemblent leurs esprits et reviennent le sortir. »

« Des gars futés », dit la fille, se balançant.

« Mais à ce moment le cheval lui avait à moitié arraché le bras droit, et elle dit que c'est Penson qui leur a indiqué quoi faire. "Amenez-moi chez le médecin le plus proche pour qu'il puisse arrêter l'hémorragie, leur a-t-il dit" », et les yeux de Candy fuyaient comme fous ce spectacle, « mais le médecin chez lequel ils l'ont emmené a dit au premier coup d'œil qu'il ne toucherait ni de près ni de loin à ce crâne de crainte de tuer Penson. "D'accord", a dit Penson, "alors amenez-moi au Pellton Royal Hospital aussi vite que vous le pouvez", et elle dit que le médecin a fait le trajet de trente-cinq kilomètres pour l'y conduire en une demi-heure. » La respiration de Candy agitait sa bouche de tremblements mais il poursuivit : « Penson a demandé au chirurgien de lui faire une anesthésie locale mais de ne pas l'endormir complètement car c'était une opération qu'il avait toujours voulu voir effectuer. Trépanation je crois qu'ils appellent ça, seulement cette fois, disait-elle, la différence était qu'ils n'avaient pas besoin d'ôter à la scie une partie du crâne car les coups de sabot l'avaient déjà fait sauter, et tout ce que le chirurgien avait donc à faire c'était de retirer les morceaux du front, et Penson leur a fait dresser un miroir pour lui permettre de voir, et voilà Penson, Penson, bon Dieu, qui faisait des suggestions ! » Sa langue sortit lui parcourir la lèvre mais sans apporter aucune humidité, et le regardant depuis le hamac elle pensa : Ce n'est pas pour Penson qu'il a comme ça la trouille mais pour ce qui pourrait arriver à quelqu'un d'autre, peut-être à moi ou peut-être à lui-même, quelque chose de plus personnel que la simple peur abstraite d'une violence ; il a peur parce que c'est un échantillon offert, pas seulement un exemple, de ce qui est arrivé à quelqu'un d'autre mais de ce qui pourrait lui arriver à lui ou à moi un jour, ou peut-être simplement à moi. « Trois heures sur la table », poursuivit Candy, « et Penson disait au chirurgien ou le chirurgien à Penson, je ne me rappelle pas dans quel sens c'était, qu'une méningite pouvait s'ensuivre. Il lui a dit ça hier soir et à quatre heures ce matin ils ont reconnu les symptômes. Son compte est bon à présent », dit Candy, les yeux toujours fuyant. « Mme Penson dit qu'ils ne lui ont laissé aucun espoir. S'il s'en tire ce sera un miracle de plus, comme d'avoir le courage de rester conscient sur la table d'opération en disant quoi faire au chirugien. »

« Et le cheval ? » demanda la fille. Elle tendit la main vers le verre de limonade inachevée et en but une gorgée, mais comme celle-ci était à présent trop chaude et acide, elle fit une grimace dès qu'elle y eut goûté, et elle la reposa.

« Le cheval ? » dit Candy, les yeux rivés sur elle pour la première fois.

« Qu'est-ce qui n'allait pas avec ce cheval ? » dit-elle. « Pourquoi a-t-on appelé Penson pour l'examiner ? » Elle se balançait légèrement assise dans le hamac, les sandales détachées, pendantes, rasant juste le cercle dénudé dans l'herbe. « Je suppose qu'à cause de toute cette stupidité le cheval va continuer à aller de mal en pis car ils vont avoir peur de faire venir un autre vétérinaire pour l'examiner. Ce n'était pas la faute du cheval. Il était mal tenu en main. »

Et donc le problème, maintenant, ne dit pas Candy, ses doigts désespérément entrelacés, le problème est que nous avons peur pour toi, ta mère et moi avons peur, nous avions peur pour toi auparavant et maintenant nous sommes fixés : tu ne dois plus aller dans le box de ce cheval aveugle le panser et le nourrir. Tu ne peux plus y aller trois fois par jour et faire tout ce que tu as fait pour lui. Il faut que cela cesse. Qu'un homme soit tué, qu'un vétérinaire meure d'une fièvre cérébrale, que la race entière des chevaux éteigne à coups de sabots celle des hommes ; mais toi, ma fille aux poignets délicats, aux yeux profonds, tu dois rester hors d'atteinte de la mort par meurtre, par violence malfaisante et calculatrice, par vice impitoyable et prémédité ; tu dois rester immaculée comme les lis demeurent purs lorsqu'ils poussent près de l'eau, parfumée comme les fleurs à fruits, non meurtrie, non arrachée, non souillée. Il ne parla point mais resta assis devant elle dans son polo ouvert et son pantalon de tennis en coutil blanc, la regardant de son visage blême et l'écoutant.

« Elle a dit que je pouvais disposer de deux semaines pour y réfléchir et maintenant j'y ai réfléchi », disait-elle, ne se balançant que très légèrement dans le hamac. « Cela fait aujourd'hui deux semaines et je n'ai pas changé d'avis sur ce point, je veux dire j'ai exactement le même sentiment qu'auparavant et je ne les laisserai pas abattre Brigand. Je veux dire, ce n'est pas que je fasse une fixation sur une chose, c'est la chose elle-même qui a évolué, est-ce que tu vois ce que j'essaie de te dire Candy ? Dans peu de temps je serai en mesure de vous montrer, maintenant c'est trop tôt. Il me faut plus de temps avant de pouvoir vous montrer. C'est ce dont j'ai besoin de te parler. J'ai besoin que tu dises à ma mère qu'il me faut plus de temps avant de pouvoir le lui prouver, peut-être qu'une autre quinzaine de jours ferait l'affaire. Tu es de mon côté, Candy, et il te faut demander à ma mère de m'accorder un peu plus de temps. »

« Plus de temps pour quoi ? » dit-il, ses yeux s'arrêtant sans qu'il pût s'en empêcher sur le visage de celle-ci.

« Pour que je puisse prouver qu'ils ne sont pas obligés de l'abattre », dit-elle. Le hamac se balançait légèrement, en rythme, imperceptiblement comme une respiration. « Si j'ai plus de temps je pourrai leur montrer ce qui s'est passé et ils verront alors qu'il n'y a nul besoin de l'abattre. Maintenant je ne peux pas, je veux que « soit parfait avant de vous montrer. » Le hamac la propulsa doucement vers lui et l'éloigna non moins doucement. « Je ne me réjouis pas que Penson ait été blessé », dit-elle les yeux étranges, ivres de rêverie, dans une dérive profonde et immobile. « Je ne me réjouis pas qu'il ait été blessé, mais s'il est à l'hôpital il ne pourra donc pas abattre Brigand. J'ai donc besoin que tu lui demandes de me laisser plus de temps, de m'accorder dix jours de plus, juste assez... »

« Il a un assistant, Penson », dit Candy. « Il y aura quelqu'un pour le remplacer. Tu ne peux pas compter là-dessus », mais il savait exactement ce qu'il allait faire : au bout d'un moment il se lèverait du fauteuil en toile, traverserait la pelouse et commencerait à en parler à sa femme, se tenant debout à côté d'elle où qu'elle se trouvât, ses mains dans ses poches, lui offrant à moitié en excuse, à moitié en défi le sourire qui n'apaisait rien. Que les paroles mêmes par lesquelles il implorerait le sursis du cheval requissent du même coup une prolongation des risques de mort humaine, il irait tout de même là où elle combattait les roses récalcitrantes ou peu importe où sa main châtiait toute autre manifestation de vie rebelle, et il le lui demanderait, toujours avec honte et servilité. « Mais, écoute voir, Nancy », dit-il, en retardant un petit peu le moment. « Mais si tu repars en septembre ? Qu'en sera-t-il de ce cheval aveugle ? Quel sens y aurait-il à le garder là, à attendre, si tu n'étais pas là ? »

« Il aura son propre emploi à ce moment-là, il aura sa propre vie alors », dit-elle, se balançant. « Tu verras. »

Il pensa soudain : J'ai besoin d'un verre, voilà ce dont j'ai besoin, et il se leva et regarda la montre sur son bras chaud. Lié à elle, pensa-t-il, par cela – « Tu es de mon côté » – lié et dévoué à elle, à mentir pour elle, à plaider, à être complice. Il resta à regarder ses jambes et ses chevilles nues et les sandales ouvertes sur l'os des cous-de-pied veinés de bleu, et il pensa : Et s'il te tuait à coups de sabots là-bas dans le box, s'il le faisait.

« Mais je veux une seule chose, Nancy », dit-il d'une voix forte, la regardant d'un air plutôt mélancolique et intimidé comme s'il était sur le point de lui réclamer une faveur pour lui-même au lieu de chercher à lui éviter la mort. « Je veux que tu dises que tu ne sortiras pas panser et nourrir ce cheval, Nancy. Si je demande à ta mère de lui permettre de rester là-bas encore une quinzaine de jours, tu peux te tenir à l'écart de ses talons, Nancy. Tu peux demander à Apby de s'occuper de lui et de l'exercer sur l'allée. » Il resta planté devant elle dans une attitude hésitante et presque humble, en manque de boisson en même temps que d'une obéissance de sa part, promptement et docilement offerte. Rien que pour ne pas être celui qui la blesse, qui la contrarie, pour ne pas évoquer toujours la menace et la défiance (cela t'est réservé, Nan, entièrement réservé, se dit-il en pensant à sa femme ; tu peux avoir jusqu'à la dernière goutte de sa résistance, je n'en veux aucune à mon égard), ni maintenant ni jamais, pour ne pas voir les grands yeux flottants se fixer en un violent reproche sur lui. « Je dis juste, Nancy, que je ne veux pas voir ton visage changé, je ne veux pas que tu meures dans un hôpital », dit-il. « Je veux que tu continues à être et à paraître comme tu es. Cet Irlandais », ajouta-t-il, et il accomplit le petit sourire, « il se pourrait que tu ne lui plaises à lui aussi que comme tu es. »

Elle se balança un moment assise dans le hamac en dessous de lui, le visage méditatif, le pied pendant, et puis elle dit, prononçant les mots lentement afin qu'il n'y eût pas d'erreur :

« D'accord Candy. C'est assez juste. Je ne panserai plus Brigand, ni ne le nourrirai. Désormais je laisserai Apby le faire. Je laisserai Apby le bouchonner et le nourrir et lui faire remonter l'allée tous les jours. Lorsque je m'en irai mon cheval devra s'habituer à quelqu'un d'autre, alors autant qu'il commence à le faire maintenant. Je laisserai Apby le panser et le nourrir parce que tu me le demandes », dit-elle.

Chapitre 6

M. SHEEHAN écrivit d'abord au sujet du mariage de sa sœur, puis sa tante écrivit : l'honorable Lady Mary Disalt demandait si Nancy Lombe viendrait à Londres en tant qu'invitée.

« Nous y voilà », dit Candy. Il avait l'air d'humeur joyeuse et coquine à la table du petit déjeuner. « Ils veulent un mariage double. »

« Ne lui mets pas des idées en tête », dit la mère. Le ton était assez léger mais elle examinait la fille d'un œil évaluateur, conjecturant en silence. « Que diable vas-tu porter ? Qu'as-tu à te mettre ? » disait-elle à la chemise sport, au tricot effrangé et à la culotte de cheval trop juste. « Nous allons devoir aller à Pellton t'acheter quelque chose de décent. »

« Pourquoi ne met-elle pas son léopard tacheté avec son entre-deux en dentelle crème ? » dit Candy, et la fille se mit à rire. Elle leva sa tasse de thé à sa bouche comme pour dissimuler son grand rire idiot, mais une fois sur sa langue le thé gicla en explosions dans les plats. « Essaye sa robe fourreau vieil or avec le corsage en basin », dit Candy, et le thé éclaboussa la marmelade et le couvercle en argent du plat qui réchauffait. « Ou sa blouse vert émeraude bordée de tulle jaune », poursuivit-il, et la fille s'écria :

« Oh, arrête, Candy, arrête ! Tu es si bête ! »

« Ou son velours pistache avec la combinaison en raton laveur ? » continua-t-il. « Comme nous disions à l'école, « "Est-ce Daniel Boone ou le *raccoon* qui au filou donna le nom de Boon." »

« L'opossum », s'écria la fille, le visage rouge vif de rire. « Je suis certaine que son chapeau était en opossum ! »

La mère était assise à lire la lettre de l'honorable Lady Mary, le petit déjeuner non encore achevé ; sans dire mot, elle pénétrait à présent dans ce bureau lointain et élégamment aménagé où ces mots avaient été écrits à la plume, peut-être sur un bloc buvard enchâssé dans du cuir brun roux et certainement sur du Chippendale, le murmure de Londres pénétrant les vitraux en culots de bouteille et les tentures en velours en partie tirées : « Ainsi nous aimerions qu'elle arrive le vendredi soir, le 7 juillet. Naturellement, on viendra la chercher à Waterloo et on la chaperonnera jusqu'à la maison. » Cela nous donne donc dix jours, pensa la mère, donc pas le temps de confectionner quoi que ce soit ; et le temps est compté pour l'excellente raison que ce prétentieux M. James Sheehan n'arrivait pas à se décider jusqu'au dernier moment, ne sachant pas s'il désirait ou non que Nancy Lombe vînt avant hier matin probablement. Un mariage aussi présentable que celui-là se prépare, la réception est prévue et les invitations lancées six semaines à l'avance, six semaines au moins, mais il est clair comme le jour que son altesse royale a décidé juste au dernier moment que Nancy était assez convenable, que cette Nancy Lombe, la petite jeune fille qu'il avait rencontrée à Florence chez Mme Paterson un après-midi, l'hiver dernier, serait à la hauteur, et la chère Tante Mary Disalt aurait-elle l'obligeance d'écrire à ces nobliaux là-bas du côté de Pellton qui ont cette jolie fille, et cela demanda un peu de persuasion car la liste des invités avait été établie des mois auparavant, mais à la fin elle le fit. Et du moins eut-elle l'élégance d'ajouter : « Je vous prie d'excuser l'inévitable caractère tardif de ceci, le retour retardé de mon neveu du continent ayant rendu virtuellement impossible toute prévision avec lui. »

« Ils nous ont donné un délai si court, que la chose à faire serait de décliner leur offre », dit la mère, et elle enfourna dans sa bouche la pointe de toast abondamment couronnée de beurre danois et de confiture de mûres ; mais ils savaient tous que la fille irait. La mère était celle qui en était peut-être le plus convaincue, car elle savait que la compagnie d'amis – rien que d'autres gens découverts et appelés de ce nom à la vertu miraculeusement transformatrice – suffisait pour changer le cœur d'une jeune fille et métamorphoser sa vie ; elle savait que ce changement pourrait être l'ouverture à la propitiation finale, le moyen de réduire enfin au silence le bruit des sabots de cheval, pas ceux de n'importe quel cheval, non, ceux du hunter fou galopant inlassablement vers la mort dans sa chasse stérile à travers leur discours et leur silence et leur modification du marché conclu. Elle se mit à parler des vêtements, il faudrait les acheter en boutique, et le bruit du cheval galopant continuait, et la mère pensait : À Londres elle rencontrera des gens et elle prendra la vraie mesure des choses, mais il lui faudra avoir une tenue pour le voyage, et au moins deux robes, elle ne rentre plus dans rien – et les sabots du cheval continuaient de galoper sans fin et sans espoir vers le but inaperçu. Sans même se nommer à elle-même ce dont il s'agissait, la mère décidait : Ce doit être fait un jour et ce peut l'être sans scène, larmes, querelles, si elle est absente de la maison, et quand elle rentrera il lui faudra affronter le fait en face, la chose une fois pour toutes accomplie et terminée. « Trois robes, il t'en faudra trois », dit-elle au visage rouge vif d'hilarité de sa fille. Candy se balançait dans les bras de la danse, sa veste à carreaux remontée en voûte sur son cou et ses épaules tandis qu'il valsait entre la table du petit déjeuner et le buffet, les yeux mi-clos, la tête en arrière, chantant :

« Ne dites pas à ma mère que je p'tit-déjeune de gin. N'allez pas le faire savoir aux vieux. Ne dites pas à mon père que je vis dans le péché, au choc point il ne survivrait-ait ! »

« Pour l'amour du ciel, arrête de chanter cette chanson infâme avant que les domestiques ne t'entendent », dit la mère, envisageant les robes, trois tenues complètes il faudrait, une nouvelle pour le voyage et deux robes à porter en ville. Candy se mit à danser la gigue, les mains sur les hanches, sur le parquet vernis de la salle à manger.

« Je suis une des ruines que Cromwell a un brin malmenées », chanta-t-il. « Rien qu'*une* des ruines que Cromwell a un brin malmenées », ses pieds martelant lestes, rapides, le tempo. « Mince alors pas de doute permis, Tous les livres d'histoire le crient... »

« Est-ce toi qui te rends à Londres pour la réception ou Nancy ? » dit la mère, et le regardant elle se mit à rire. Mais la fille avait cessé de rire à présent. Elle tenait ses mains baissées sur ses genoux, contemplant d'un air languide, à demi endormi, quelque chose dehors par la fenêtre peut-être, ou n'entendant peut-être que le passage rapide des pieds du hunter claquant sur la route ou les pavés, ou étouffés et palpitant sur la tourbe. Elle dit :

« J'irai pour la journée seulement. J'irai juste pour le mariage. Je ne resterai pas partie trois jours. »

Ainsi la dispute qui ne trouvait jamais de conclusion recommença de se diriger à l'aveuglette par delà les menus détails de cette question comme par delà les autres et au-delà de celle-ci vers l'épreuve de probité : la voix de la mère légèrement tendue d'amertume et de désespoir et, enfin, de fureur, de l'autre côté de la table du petit déjeuner et plus tard de celle du déjeuner, avant de reculer devant la promesse entêtée, barbare mais indissoluble, que la fille avait faite à on ne sait quel honneur juvénile équivoque, à une loyauté non parjurée mais exaspérante. On en restait donc là, sans aucune intention élucidée ni volonté affichée de part et d'autre en suspens : la fille partirait le vendredi après-midi et passerait la nuit là-bas, absente une seule nuit, et serait de retour par le train de l'après-midi qui la ramènerait le samedi juste avant l'heure du thé. Après le premier moment d'interrogation, elle sut qu'il n'y avait rien à craindre ; et maintenant que la voix de la mère revenait au ton du désespoir, prévoyant le tailleur et l'unique robe au lieu des deux, la fille allongée dans le hamac comptait les jours octroyés qui ne s'étaient pas encore écoulés, songeant : Je peux y aller car j'ai jusqu'à lundi et Apby peut lui donner à manger et à boire et peut-être l'entraîner, oui, peut-être même cela. Elle irait aussi pour la raison suivante : elle n'arrivait à voir clairement M. Sheehan que de profil, assis à côté d'elle sur le canapé chez Mme Paterson à Florence, et se penchant en avant pour soulever l'assiette de sandwiches et la faire passer, mais le reste de son visage avait péri ; la jeune main glabre remémorée hors de la manche de la veste en tweed marron, les boucles de cheveux crépus, plutôt rebelles, portés trop longs par rapport à la convention, et l'oreille étroite, sans lobe, sous l'épaisse chevelure ondoyante, châtain clair, ou peut-être seulement touchée de lumière par endroits, ou peut-être légèrement brûlée par le soleil italien, n'avaient pas encore expiré mais elle n'arrivait pas à retrouver ses yeux. Sous le niveau de la tempe concave il y avait les toutes petites rides profondes (juste en dessous de la sombre extrémité délicate du sourcil), creusées là par trop de rire caustique aux mots d'esprit (les siens ou ceux de quiconque), à moins que ce ne soit d'avoir trop grimacé contre le mauvais temps, rayonnant toutes fines du coin de l'œil. Mais chaque fois qu'il se tournait dans le souvenir pour passer l'assiette de sandwiches, la vision faisait défaut : la bouche, le nez, les yeux s'effaçaient et seul le front demeurait barré des longues rides semblables aux marques laissées par la marée sur une plage, et la pousse en V des cheveux donnant au visage une forme de cœur. Maintenant qu'il lui avait écrit, et que la tante avait écrit, il ne cessait pas de se pencher de profil, de profil uniquement, sur la page du manuel, la main juvénile suivant, glabre, la ligne à mesure qu'elle la lisait :

« "L'abord" consiste en les trois foulées que le cheval effectue immédiatement avant de prendre son essor. Le problème est d'amener le cheval à sauter avec ses jarrets engagés, à une distance convenable de l'obstacle, et à sauter entièrement sous le contrôle du cavalier. Ce dernier doit se décider en temps opportun pour les trois dernières foulées, comptant "un, deux, trois, hop", et régler conformément la foulée de son cheval. » Elle qui montait et sautait depuis avant l'âge de cinq ans voilà qu'elle en faisait un sujet d'étude : « Maintenez le cheval à un petit galop rassemblé jusqu'à trente pieds de l'obstacle. La longueur d'une foulée au petit galop contrôlé est d'environ six pieds. À trente pieds de l'obstacle augmentez cette foulée à sept pieds, puis à huit, et enfin à neuf. À cet instant vous vous trouvez à six pieds du saut et devriez alors donner au cheval la consigne de bondir... » et M. Sheehan se penchait de profil en travers de la page, le coin de sa bouche riant, l'œil comprimé de rire, et les épais cils foncés propulsés de l'avant. La fille étendue dans le hamac oscillant à peine, le hamac au mouvement presque imperceptible, pensa : Je ne sais pas s'il me plaît ou non, je ne sais pas s'il me plaît vraiment.

Et voilà que la pluie revint, commençant un après-midi alors qu'elle lisait le manuel en se balançant légèrement, le pied nu en sandale pendant près du sol. D'abord les nuages s'accumulèrent derrière la maison, puis le soleil disparut, la moitié du monde visible reposant dans une obscurité jaune et l'autre moitié dans une riche prémonition bleue, et puis les premiers traits de pluie isolés churent, en obliques longues et argentées par delà le feuillage, tombant à intervalles au-delà de son havre telles des lances projetées délibérément. Puis vint la vraie pluie forte, dévalant la pelouse tout l'après-midi et ruisselant le long des carreaux au dîner ; après que les premiers rapides coups de poignard de la foudre et que le tonnerre eurent passé, la pluie continua de tomber vive et implacable sur le pays, réglant son tempo tranquille, monotone le soir, et s'attelant à la tâche pour la nuit. Lorsque la fille se réveilla à une heure du matin, il pleuvait toujours tranquillement. Elle avait monté son imperméable le soir et l'avait étendu sur le fauteuil avec sa culotte de cheval, et elle l'enfila donc et noua sur ses cheveux le foulard en caoutchouc avant de sortir par la fenêtre. Elle pensa : J'aurais dû penser à mes bottes en caoutchouc, tandis qu'elle glissait en culotte de cheval et pantoufles en laine écossaise en bas de la gouttière crachotante, mais elle les avaient oubliées la nuit précédente et les oubliait à présent qu'elle atteignait l'écurie. Elle pensait : Je veux juste qu'il soit là, attendant à l'intérieur, c'est tout ce que je demande. Je me fiche d'être trempée jusqu'aux os s'il veut bien simplement comprendre et être là. Et une fois à l'intérieur de l'écurie elle le vit qui se penchait au-delà de la lanterne voilée qu'il avait disposée près du box : Apby vêtu de son propre imperméable noir luisant de pluie tandis qu'il sellait le hunter.

« Ainsi vous êtes venu ! » lança-t-elle, et il leva les yeux et, touchant la visière de sa casquette, répondit : « Vous avez dit d'être ici, Miss », et il se pencha de nouveau vers les sangles.

« Je pensais que peut-être en voyant qu'il pleuvait », et tandis qu'elle se frayait de profil le passage à côté de la queue et de la croupe du cheval ainsi que du palefrenier penché, le cheval aveugle tourna la tête sur son épaule vers le son de sa voix et de son approche. Elle demeura debout à côté de lui, passant sa main mouillée sous sa mèche frontale, et dit : « Je vais à Londres demain. Voilà pourquoi je voulais vous voir cette nuit. Je voulais vous demander de continuer sans moi pendant la nuit et la journée où je serai dans la capitale. Je veux dire, je désire que vous fassiez effectuer à Brigand sa séance de dressage comme je l'ai fait. De une à deux heures et demie, disons, durant la nuit de demain, et puis quand je reviendrai je vais leur montrer. »

« Oui, Miss », dit le palefrenier, toujours penché, sans lever la tête.

« Vous pouvez continuer à lui faire faire le huit de chiffre avec changement de pied et l'appuyer au petit galop », poursuivit-elle. Elle descendit la main sur le poil court rugueux recouvrant l'os nasal. « Vous pouvez l'essayer avec moi cette nuit sur le demi-passage et le changement, et si vous arrivez à le faire continuer pendant mon absence, cela sauvera... » Elle songea à dire « ma vie » et puis, parce que cela se rapprochait tellement de « sa vie », elle croisa soudain les doigts pour conjurer la malchance et se tut. Tandis qu'Apby se redressait, les yeux de celle-ci glissèrent vers lui d'une manière un peu circonspecte, en une lente tentative d'induction. « Écoutez voir », dit-elle. « Une autre raison pour laquelle je désirais vous voir cette nuit. Je désire le faire sauter. » Bougeant sa main sous la mèche frontale du cheval, elle regarda en coulisse le palefrenier dans le box. « Je désire lui faire franchir un obstacle cette nuit », précisa-t-elle.

Le palefrenier se tenait debout dans son imperméable tout luisant, en partie dans la lumière de la lanterne, en partie dans l'obscurité de l'écurie, sa casquette sur la tête et son ombre projetée de manière grotesque vers les poutres du plafond, ses mains sur ses hanches, ses jambes atrophiées arquées, fac-similé en miniature d'homme musclé, dur et indomptable.

« Vous ne pouvez pas le faire, Miss », dit-il. « Vous ne pouvez pas faire sauter un cheval aveugle. Vous ne pouvez pas faire plus que ce que la nature autorise. Vous ne faites que le préparer à se briser l'épaule ou à se briser le cou... »

« J'ai dressé un chevalet dans l'enclos il y a trois nuits », poursuivit-elle, sans en tenir le moindre compte mais restant là plantée, à moitié souriante, descendant lentement sa main le long du plat de la joue du cheval. « Il l'a avalé. Il l'a avalé une douzaine de fois aller et retour. Quand je reviendrai j'augmenterai son allonge pour des sauts plus grands. »

« Vous ne pouvez pas le faire », dit Apby. Il demeurait là sur la litière de paille, ses mains crochetées sur ses hanches et la lumière brillant à travers la voûte et l'arc de ses jambes dans leurs guêtres en cuir. Il avait relevé la visière de sa casquette en tissu et celle-ci se tenait à présent dressée à la verticale au ras de la doublure intérieure, au-dessus de son front court plissé. « Vous avez maintenant refait du neuf avec une vieille rosse comme je n'ai jamais entendu dire que personne l'ait fait, mais ni vous ni personne ne peut lui donner la vue le temps où il en a besoin, vite comme ça, pour jauger la largeur et la hauteur. Vous ne pouvez pas le faire », répéta-t-il, et il le redit en éteignant la lanterne avant de la suivre dehors, elle et le cheval, dans la pluie nocturne ininterrompue au-delà du madrier du seuil. « Vous ne pouvez pas le faire », dit-il, fermant la porte de l'écurie et boutonnant le col de son imperméable sous son cou tandis qu'elle se hissait rapidement du sol. « Vous ne pouvez dire à aucun cheval, mort ou vif, c'est haut de tant cette fois et c'est haut de tant la fois suivante, alors tiens-toi prêt, à moins qu'il ne puisse voir. À moins que vous n'ayez rien qu'un saut déterminé pour lui, à la hauteur du genou disons, et que vous ne le lui fassiez franchir vingt fois au galop, et même comme ça. Même comme ça », insista-t-il, « vous ne pourriez pas le faire. »

« Ce que je vous ai dit en premier sur la raison pour laquelle je désirais que vous veniez ici cette nuit », dit-elle en se retournant vers lui sur la selle, « n'était pas tout. J'aurais pu vous le dire demain matin ou hier après-midi aussi bien. Ce que je voulais en réalité, c'était que vous soyez là pour le saut. Je désire que vous vous teniez à la marque de trente pieds dans l'enclos et que vous criez un, deux, trois au moment où je la franchirai afin que je sache à quelle distance se trouve l'obstacle. »

« Vous ne pouvez pas le faire », dit Apby, suivant le bruit des pas du cheval sous la pluie, ne remontant pas cette nuit la route du haras mais le long circuit au bord de l'eau courante menant à l'enclos. « Vous ne pouvez avoir un cheval qui perd la vue sans payer pour cela, d'une manière ou d'une autre vous devez payer pour cela. Il n'y aurait de justice nulle part si un cheval aveugle pouvait faire aussi bien qu'un cheval sans imperfection ni défaut. Vous ne pouvez pas faire ce qui est impossible, car si vous le pouviez il n'y aurait pas de fin... » et sans entendre les paroles malaisées et exaspérées mais seulement le bruit de sa complainte, la fille se tourna sur sa selle et continua de lui parler par dessus son épaule sous la pluie qui tombait sans relâche.

« Cela me dira et lui dira, cela nous dira à tous les deux quand nous sommes arrivés à l'abord », dit-elle, « et alors je saurai quand lui donner l'essor pour franchir l'obstacle. Vous vous tiendrez à la marque de trente pieds là où je l'ai tracée ce matin, non hier matin à l'heure qu'il est, et vous crierez un, deux, trois... »

« Et dire », continua la voix du palefrenier qui suivait clopinant dans ses bottes, « que c'est moi qui ai commencé ça, qui vous ai mis sur la voie cette nuit dans les enclos quand vous l'aviez sorti... Si je devais faire ce qu'il y a de correct auprès de tout le monde, vous et le cheval compris, ce que je ferais maintenant, c'est d'aller dire à Mme Lombe ce qui se passe, la tirer de son lit peu importe que ce soit le milieu de la nuit ou demain matin, et elle mettrait pied à terre et veillerait à ce qu'il y soit mis un coup d'arrêt. Si je devais faire ce que je devrais faire maintenant au lieu de … » Il sortit une main de la poche de son imperméable et essuya la pluie de ses joues à la manière dont un comédien fait semblant d'effacer le sourire de son visage, et puis il se mit à courir maladroitement en avant dans la boue et la pluie, trébuchant jusqu'à ce qu'il arrive à la croupe du cheval à l'allure régulière et rythmée et qu'il la dépasse, et se tienne à la hauteur de l'étrier dans lequel était enfoncé la pantoufle en laine écossaise trempée de la fille, en disant : « Si je devais aller maintenant à la maison prévenir Mme Lombe, elle ne le tolérerait pas. Elle y mettrait c'est sûr un coup d'arrêt avant qu'il arrive quoi que ce soit de pire, sauter sur un cheval complètement aveugle comme vous le dites par une nuit où même les grenouilles resteraient à l'abri chez elles. Si je devais retourner à la maison maintenant chercher… »

« Sauf que vous ne le feriez pas », dit la fille, chevauchant droit devant. « Vous ne le feriez pas parce que j'ai besoin que vous vous teniez à la marque de trente pieds. Si vous ne le faisiez pas, alors il pourrait arriver quelque chose car je ne pourrais pas juger d'assez près quand lui indiquer la battue d'appel. J'ai découvert dans le manuel qu'il sautera sans doute de cette façon. Je ne le demanderais pour aucun autre cheval mais me contenterais de lui lâcher la bride et le laisserais décoller quand ça lui chante, ce qui n'est peut-être pas élégant, d'après le livre, mais c'est ainsi que j'ai toujours fait. Le livre dit... »

« Oh, le livre ! » dit Apby. Qu'elle ait arrêté le cheval ou que ce dernier se soit arrêté de lui-même, la voix de la jeune fille et le mouvement de sa monture cessèrent au même instant ; le palefrenier leva les yeux et, comprenant de quoi il s'agissait, s'avança pour ouvrir le portail de l'enclos. Elle entendit grincer les gonds et, attendant, entendit Apby réitérer les mêmes arguments sur le même ton fâché, rempli de chagrin.

« Vous ne pouvez pas le faire, pas plus que quiconque, un entraîneur ne le pourrait pas et aucun livre ne peut vous dire comment prendre une bête aveugle, stupide, ignorante, réticente... » et elle se pencha en avant pour caresser l'épaule du cheval sur laquelle la pluie dégoulinait comme de la sueur.

« Donc vous ne me laisserez pas tomber », dit-elle en passant devant Apby pour entrer. « Vous vous tiendrez à la marque de trente pieds là où je l'ai tracée ce matin. Je vais vous la montrer. »

« De toutes les façons », dit Apby, « s'il se brise le dos ce sera parfait. Ils devront l'abattre demain en ce cas, M. Penson ou pas. »

« Tenez-vous ici, Apby », dit-elle, arrêtant le cheval dans l'herbe. « Tenez-vous ici. Vous pouvez sentir les briques qui forment une croix. Voilà. »

« Vous ne pouvez pas le faire », répéta Apby, et de la petite distance à laquelle elle s'était déjà éloignée, elle lança :

« Je l'ai fait. Je l'ai fait seule avec lui par dessus le chevalet quand il y avait le clair de lune, dix, quinze fois aller et retour. La seule différence c'est qu'aucun de nous n'arrive à y voir cette nuit. Vous restez où vous êtes. » La pluie tombait rapide, tranquille, non en une épellation volubile comme sur le toit ou les fenêtres d'une maison, mais frappant le visage, les mains nues en silence, tombant sans relâche, comme pour l'éternité, sur la tête et les épaules, les jambes pliées, battant doucement telles les ailes d'un papillon dans les arbres, jusqu'à ce que, au bout d'un moment, ce ne soit plus de la pluie, mais la présence accumulée de l'eau, plus saillante que celle de l'obscurité ou de toute présence humaine, telle la présence d'un immense fleuve inaperçu coulant à flots rapides dans la nuit à portée de main. Apby se tenait debout, l'eau lui ruisselant de l'étoffe de sa casquette sur le visage, l'eau dégoulinant sans interruption de la visière maintenant rabaissée, goutte après goutte, en un ruissellement jusqu'aux coins de sa bouche, dans ses oreilles jusqu'à ce que, tel un baigneur, il enfonçât ses index dans les orifices de celles-ci et les tournât. « Maudite soit la pluie », fut la dernière chose qu'il l'entendit dire avant d'entendre le cheval arriver, et puis un peu après, que ce fût en imagination ou en réalité, il vit venir vers lui la forme indistincte au petit galop.

« Elle aurait pu choisir n'importe quelle autre nuit pour le faire », dit-il à mi-voix, comme s'il parlait à quelqu'un debout là auprès de lui, pour trouver du réconfort ou pour partager le blâme. Il essuya du dos de sa main sa lèvre supérieure, sous son nez couvert de perles d'eau, et secoua les gouttes, et voilà que les éclaboussures des pieds du cheval, le souffle et le battement de sa venue étaient presque prêts à passer. Il sentit le mouvement de l'air, la respiration, la pulsation, entendit même le grincement du cuir de la selle et le cliquetis des pièces de métal agitées, comme si quelqu'un avait ouvert une fenêtre ou repoussé une porte près de lui pour laisser entrer ces bruits qu'il n'avait pas entendus avant dans une immense salle plongée dans l'obscurité et le silence ; et tandis que la chose passait en trombe il bondit en arrière et clama les mots. « Un, deux, trois ! » clama-t-il comme un homme qui crie désespérément du rivage dans les ténèbres et le vent sans remède à l'égaré qui se débat et se noie dans une mer battue par la tempête.

M. Sheehan, songea-t-elle un instant, disait ce jour-là à Florence que personne ne devrait commencer à monter à cheval trop jeune, les enfants étant trop intrépides ou trop craintifs ou les deux à la fois, et ensuite les intrépides flanchent et n'ont plus des ressorts pour continuer d'aller vite le reste de leurs vies, et les craintifs continuent à se montrer timides devant les chevaux, ou le danger, ou d'autres gens, ou eux-mêmes ; leurs âmes, non leurs corps, handicapés.

M. Sheehan disait : l'Angleterre, le pays de l'élevage des chevaux et le pays aussi bien de tous les désaxés, les secrets, les réticents, les muets, les fuyards, et pourquoi cela, à cause de quoi ? à cause de quoi, sinon d'avoir été collé sur le dos d'un cheval depuis des générations et lancé à toute allure depuis le départ, la lèvre pincée, la supérieure et l'inférieure à la fois, le regard éduqué à ne pas fléchir, et le cœur brisé en deux par la trouille ou l'audace à l'âge de cinq ans ou plus jeune encore. Éloignez les chevaux et vous auriez une belle race d'hommes droits, les Bretons, disait M. Sheehan, le côté de son visage de profil grimaçant contre l'envie de rire ou contre les bourrasques du temps irlandais, et elle se souvint un instant de la première fois où elle avait été désarçonnée : la rosse lui avait fait remonter au petit galop le sentier jusqu'en haut de la colline et là elle s'était cabrée sans raison aucune, sinon qu'elle avait été « effrayée par le buisson parce que le buisson avait frémi sans qu'il s'y attendît et avait agité une branche », la laissant tomber sans crier gare sur le long chemin de la descente. Je me souviens d'avoir été malade, terriblement malade, songea-t-elle, peut-être au moment où elle passait devant Apby à la marque de trente pieds, et maman m'a fait remonter rapidement, aussitôt que j'ai cessé d'être malade. « Si tu ne remontes pas tout de suite », dit la mère, « tu vas te mettre à pleurer et puis tu ne voudras plus remonter sur un cheval », et voilà que la voix d'Apby clamait, « Un, deux, trois », et elle serra les dents et pensa dans une soudaine jubilation sauvage : Demain je pourrai dire à M. Sheehan qu'à trente pieds de l'obstacle j'ai augmenté la foulée à sept pieds, puis à huit, et enfin à neuf, me trouvant alors, pour autant que je puisse juger dans le noir, à six pieds du saut, et j'ai donné à mon cheval la consigne de sauter.

Fonce, dit-elle promptement. Je n'y vois pas plus que toi mais nous allons le franchir. Et de laisser la tête libre et les reins libres, et son poids se déporta prestement dans les genoux au moment où ceux-ci serrèrent les quartiers de la selle. Les plantes des pieds reposaient légères sur les fers des étriers à présent et elle le maintenait fermement vers l'obstacle avec ses jambes. Tout à coup elle le sentit s'élever puissamment et sans heurt sous elle, la bouche souple, le cou flexible bien que tendu de l'avant, aucune sensation de chaleur ou d'excitation ne le perturbant, le sang aussi tempéré que s'il continuait à galoper à l'aise dans l'enclos. Au moment précis où ils franchissaient ce qui, à ce qu'on pouvait supposer, devait avoir été la barrière quoique perdue et indistincte dans l'obscurité de la nuit et de l'eau qui tombait, elle pensa à l'autre côté et à l'herbe mouillée où il pourrait s'embourber ou glisser à l'atterrissage, et elle dit de nouveau : « Maudite, oh, maudite soit la pluie. »

Elle s'inclina avec lui, le corps qui avait suivi dans la montée et l'essor se courbant maintenant en même temps que lui dans la descente, et, au moment où les pieds antérieurs heurtèrent le sol, ses genoux et ses chevilles encaissèrent le choc et l'amortirent mais ses mains ne tirèrent pas sur les rênes. Elle le laissa dérouler sa foulée sur une vingtaine de mètres ou davantage avant de l'arrêter pour le faire se tourner sur ses jarrets, puis elle fit halte là sous la pluie et dans l'obscurité, et, écoutant les allées et venues de sa respiration, elle cria au palefrenier :

« Apby, dites-moi, Apby, venez nous ouvrir le portail », sa propre voix résonnant haute et claire. « Apby ! » s'exclama-t-elle comme quelqu'un d'éméché par son triomphe, ivre et pris de vertige. « Apby, dépêchez-vous ! Je veux le faire ressauter. »

Chapitre 7

LE VENDREDI après-midi, juste après l'heure du déjeuner, la fille se rendit à Londres dans sa nouvelle tenue, transportant à la main son petit nécessaire de voyage, et rien ne se passa dans le pays jusqu'au samedi matin. Ce fut alors, debout à la fenêtre du salon à contempler le vide fleuri et humide d'un autre jour encore, que Candy les vit émerger d'on ne savait où, peut-être de la route principale où une voiture à deux places se trouvait peut-être à l'arrêt près du bas-côté : le dos d'un homme qu'il n'avait point vu auparavant, en culotte de cheval kaki et chemise sport, et sa femme en bleu foncé constellé de blanc sur toute son ample jupe et son chemisier, son chapeau d'été sur la tête, celui de marin qui sortait de quelque cachette non divulguée à la fin de chaque mois de mai ou dans les premiers jours de juin, selon le temps. Il les regarda descendre l'allée, faisant les gestes de la conversation, et passer devant la rocaille où les digitales pourpres se dressaient noblement, quand bien même un peu pauvres en fleurs, dans le soleil mouillé, et dépasser la viorne au tournant puis disparaître de la vue. Un instant, debout à la fenêtre, il s'interrogea et puis, sans ressentir la moindre surprise, il sut. Il le sut exactement, comme si les mots lui avaient été dits et il sut alors, qui plus est, que c'était à cela que l'accalmie et la paix de la veille et de la nuit avaient servi de préparation. Par quelque erreur irrémédiable le soleil avait paru ce matin-là, mais sinon la scène était prête sans aucun doute possible.

Lorsqu'ils eurent disparu du champ de vision il pénétra dans la salle à manger et, bien qu'il ne fût que dix heures tout juste passées, il sortit la carafe de whisky. Les verres ordinaires étaient rangés à l'office, et tristement, silencieusement, il pensa : Je ne peux pas en sortir un, pas plus que je ne peux sortir et me rendre dans l'écurie pour les empêcher de le faire. Il ouvrit la porte du buffet, se pencha, choisit un des petits verres à bière bosselés qu'il posa sur la table, puis le remplit aux trois quarts de whisky, posa la carafe, y replaça le bouchon en verre, et il but le whisky d'un seul trait. Il pensa : Ils le feront humainement, ils sont obligés de le faire humainement, et il regarda presque paisiblement le fond du verre vide. Si j'avais de quelconques arguments ou de quelconques raisons à leur offrir je pourrais aller là-bas, ou si je pouvais me rendre dans l'écurie comme un homme au portefeuille replet dans sa poche et me frapper la poitrine en disant : Il se trouve, il se trouve juste que c'est mon cheval, non le vôtre, madame. C'est moi qui l'ai acheté, qui l'ai payé, acquis sous les règles de garantie (sauf que je n'ai jamais eu le certificat car j'ai pris deux verres à la place), comme sain de souffle et d'yeux, paisible à monter, monté jadis à la chasse et apte à l'être, alors rangez votre craie et votre pistolet et votre vétérinaire, quel qu'il soit, dans votre vieux sac de voyage et retournez au jardinage. Ils le feront humainement, pensa-t-il, et un sentiment de paix l'envahit merveilleusement, quelque chose de mieux qu'un simple répit ou une trêve, mais la réconciliation finale, absolue à travers un acte accompli et incontestable. La responsabilité se trouve ôtée de mes épaules, pensa-t-il avec calme, avec patience, le problème est soustrait à mes mains. Je n'ai pas d'autorité, pas de juridiction, même si je me dirigeais à présent vers la porte et sortais, je ne pourrais pas sauver ce cheval, et un sentiment de félicité sans acte ni parole monta, opulent, en lui ; je suis sans pouvoir, sans ressource car ils connaissent leur boulot et je n'en ai encore aucun, je ne l'ai jamais trouvé ; ma femme veillera à ce que la cible soit correctement indiquée et l'homme en culotte de cheval endossera le rôle du tueur humain pour conclure ce drame, cette tragédie mineure mais grotesquement grandie qui s'évanouira lentement mais infailliblement dans le passé. Ce n'est pas un désastre, c'est la seule solution logique, pensa-t-il, et la voix flotta de quelque vague plan du souvenir jusqu'à s'entendre maintenant, répétant comme elle l'avait répété en l'air toute la journée de quart d'heure en quart d'heure voilà des années, « La vie du Roi tire paisiblement à sa fin. »

Une fois bu le deuxième verre plein, Candy porta sa main à sa poche de derrière et sortit sa flasque en argent gainé de cuir. Il dévissa le capuchon et tira le bouchon avec ses dents, basculant pour ce faire la tête sur le côté, puis la remplit à la carafe. Il n'en renversa pas une goutte, mais à cause d'une petite excroissance humide au sommet, il passa sa langue autour du pas de vis du capuchon, puis reboucha la flasque et revissa le haut avant de la glisser de nouveau sous sa veste. Ou tape du pied là-bas, pensa-t-il, et ne te laisse pas faire par eux, toi l'artiste en manque d'argent, en manque de veine, mais peignant seul, accomplissant seul des expériences de style, sujet, et traitement, travaillant seul et se faisant un nom auquel les gens prêtent l'oreille dans les expositions en ville et les musées, prêtent l'œil dans les catalogues et les magazines, de sorte que sa femme et même un assistant de vétérinaire écouteraient. Il regarda un moment la carafe en une méditation froide et remplit de nouveau le verre à bière. Penson rendant son dernier souffle, il se pourrait, tandis que je reste planté ici à boire, expédié d'une ruade vers l'autre monde et atterrissant sur le seuil, et pourtant je dirais en face à mon Créateur qu'ils n'ont pas la moindre foutue preuve contre cette chose titubante aveugle là-bas dans l'écurie, pas le moindre truc, sauf qu'il ne peut pas voir le jour devant lui pour affronter le peloton d'exécution. Tu dois mourir, dit-il soudain, en posant son verre. Cheval, c'est ton tour de mourir. Cette fois ce n'est pas Penson ou moi, mais toi, cheval et non homme, toi espion aux yeux vides épiant les secrets de l'éternité, toi déserteur aux yeux laiteux. Tu n'es utile à personne, dit-il, mais c'était son propre visage qu'il regardait dans le miroir du buffet. Parce que c'était l'affaire arrivée enfin à sa conclusion entre lui-même et la fibre et la substance même de sa conduite, il ne se mit pas à penser à Nancy avant le cinquième verre de whisky ; et lorsqu'il y pensa il remit pour la dernière fois le bouchon en verre sur la carafe et partit sur-le-champ, montant avec précaution, sans la moindre apparence d'ivresse pourtant, jusqu'à sa propre chambre où il ouvrit le tiroir du bas de la commode. De sous les cardigans soigneusement pliés, il retira le revolver et s'assura qu'il était chargé, avant de le fourrer dans la poche de sa veste. Il y avait l'équivalent de deux verres qui restaient dans la carafe et il les but rapidement.

« Voilà qui met tout en bon ordre », dit-il, mais quand il se pencha pour récupérer le bouchon en verre qui était tombé par terre, la tête lui tourna lentement, et il se redressa donc à l'aide d'une main en se tenant à la table. Puis il se mit en marche, précautionneux et élégant, dans sa veste de hobereau, son foulard en soie noué autour du cou, dans l'allée légèrement fumante.

La porte coulissante se trouvait ouverte au-delà de la viorne et Mme Lombe et le jeune homme en culotte d'équitation étaient dans l'écurie. Ils n'étaient pas dans le box du cheval mais en train de converser debout sur le plancher en bois, et au-delà du portail la croupe du hunter brillait dans la lumière. Au premier bruit de pas de Candy sur le bois, sa femme tourna la tête coiffée de son chapeau de marin et dit :

« Voici M. Lombe, M. Harrison. J'ai fait venir M. Harrison ce matin pendant que Nan est à Londres pour faire ce qui doit l'être. »

Candy se tenait à contre-jour dans l'encadrement de la porte, silhouette plutôt désinvolte avec ses mains dans les poches de sa veste, le dos des poignets et le pouce gauche paraissant, mais cette fois le pouce droit était invisible. Il hocha la tête en un geste de salut ou de congédiement et se haussa en vacillant, ses jambes plantées bien écartées, sur ses semelles de crêpe impeccables.

« Où est Apby ? » dit-il. « Est-ce qu'Apby est au courant de ce qui se passe ? »

« Je l'ai congédié tôt ce matin. » Elle sourit, d'un sourire rapide, tolérant, mais, semblait-il, impatient. « Il a son jour de congé à Pellton. Je lui ai dit que je veillerai à ce que le hunter ait son repas de la mi-journée. Je n'ai rien dit à personne. Je veux juste que ce soit fait aussi vite et tranquillement que possible. C'est un boulot qui n'est agréable pour aucune des personnes concernées. J'ai envoyé Richards au village faire ferrer la jument. »

« Ainsi donc il n'y aurait aucun témoin, pas même une simple jument pour regarder, quoi ? » dit Candy, et le regard de celle-ci sur lui changea à mesure qu'elle commençait à soupçonner ce qu'il en était. « Où avez-vous l'intention de le faire ? » demanda Candy. Depuis ce premier pas sur le seuil il n'avait pas bougé et ses yeux n'avaient pas dévié de son visage à elle, de sorte que, si on lui avait alors posé la question, il n'aurait pas pu dire si le dénommé Harrison était petit ou grand, ni de quelle couleur étaient ses cheveux, ni quel âge il avait, mais qu'il se rappelait seulement la culotte de cheval kaki et les guêtres descendant l'allée. « Où la justice doit-elle être rendue ? » dit-il d'une voix forte, sardonique.

« M. Harrison est le veneur de la chasse à courre locale », répondit Mme Lombe, lui égrenant les mots plaisamment, comme si c'était la petite silhouette, butée, d'un enfant, non celle d'un homme et non celle de son mari, qui se tenait là vacillante à contre-jour. « Il s'est montré assez aimable pour nous offrir de le faire pour nous. C'est un expert en la matière. J'ai fait le nécessaire pour que les transporteurs viennent à onze heures emporter le corps. »

« Quel corps ? » dit Candy, et dès lors, aussi sûr que si son haleine avait flotté jusqu'à elle au-dessus de l'odeur de cheval propre, de litière fraîche et de mixture propre dans l'écurie, elle sut l'amère et inacceptable vérité : qu'il était ivre, ivre à dix heures du matin, que ce n'était pas la curiosité qui le maintenait là debout à les haranguer mais l'opposition ivrogne ; non seulement ivre, mais ivre avant le déjeuner pour changer et ivre devant un étranger.

« Ne fais pas l'idiot, Candy », fit-elle, riant d'un rire rapide, nerveux, et lançant un coup d'œil à M. Harrison pour l'inviter à faire la seule chose possible et rire. « Tu ferais mieux de retourner à la maison afin que M. Harrison puisse se mettre au travail. »

Mais voilà que Candy se mit, lui, à traverser l'écurie, marchant les yeux vides, le visage vide, délibérément vers eux, sans tanguer ni dévier par rapport à la ligne invisible que son intention avait tirée, mais marchant précautionneusement et délibérément sur eux comme s'ils n'étaient plus là maintenant qu'il s'était mis en marche directement vers là où il voulait aller. Ils ne lui barrèrent pas le chemin, mais s'écartèrent à son arrivée, se rangeant chacun d'un côté comme une foule aurait pu s'écarter pour permettre le passage d'un véhicule lancé sur des rails et qui ne pouvait modifier sa course, et Candy passa entre les deux personnes qui le regardaient ébahies, l'homme de curiosité, la femme de stupéfaction, et il marcha jusqu'au box où le cheval se tenait debout, la tête pendant à présent paisiblement par-dessus la porte. Candy sortit sa main gauche de sa poche pour la poser sur le verrou, et le cheval rejeta la tête en arrière, et Candy hésita un instant, puis tourna également sa tête pour regarder les deux personnes debout derrière, à leur tour estompées et sans visage, à contre-jour dans la lumière du portail ouvert de l'écurie.

« Je voulais juste savoir », dit-il, tanguant imperceptiblement. « Je voulais juste vous demander avant d'entrer là-dedans comment va M. Penson, monsieur Har... J'aimerais le savoir. »

Le jeune homme fit un pas ou deux vers lui – jeune, pensa Candy, le voyant pour la première fois maintenant qu'il se tenait en relief dans l'éclat jaunâtre du jour à l'arrière-plan, jeune seulement parce que les jambes se terminaient en fuseaux dans la culotte de cheval et que les épaules étaient larges et d'équerre, car il ne pouvait pas distinguer les traits de son visage ni la couleur de ses cheveux.

« J'étais précisément en train de dire à Mme Lombe », dit l'homme d'une voix étrangement douce de jeune fille, « j'étais précisément en train de lui dire qu'il est mort. Il est mort la nuit dernière. »

« Donc œil pour œil, un cheval pour un homme, voilà votre façon de voir », dit Candy, d'un ton sardonique, mais le whisky dansait à présent violemment et jusqu'à la nausée dans sa tête et il s'accrocha au bois du portail pour se soutenir. « Une vie pour une vie voilà ce que vous pensez... » Il vit Mme Lombe sous son vieux chapeau de marin qui s'avançait vers lui et il se rappela : Je ne dois pas sortir ma main droite de ma poche avant d'être prêt. Je peux ouvrir la porte de la main gauche, comme ceci, et voilà qu'il l'avait franchie et qu'il se tenait debout sur le lit de paille à côté du cheval, et que la porte était refermée entre lui et sa femme et celui qu'elle appelait M. Harrison. « Il est si expert », dit-il, se tenant au bois et se pressant à l'écart de l'épaule du cheval dans le box, « qu'il pourrait probablement le faire sans tracer la ligne à la craie ou le faire les yeux fermés, sauf qu'il ne le fera pas. À la seconde où il sort son revolver, je sors le mien. »

« Sors, Candy », lui demanda Mme Lombe, mais son ton avait manqué de conviction. Candy se tenait aussi loin que possible du cheval, le foulard de soie bordeaux autour de sa gorge car il ne s'était pas encore rasé, les reins contre le bois rugueux de la stalle. « Sois raisonnable s'il te plaît, s'il te plaît sors », l'adjura-t-elle, mais le pouvoir lui avait échappé. Elle se tenait le chapeau relevé sur son front, s'efforçant de le dire avec dignité.

« Je sortirai quand Nancy reviendra », dit-il. « Ma petite fille fera irruption ici et comprendra ce que j'essaie de faire. Elle se relaiera avec moi, tout l'été si nécessaire, grève de la faim, grève du sommeil, grève de la boisson », dit-il, et à ces derniers mots il sentit des larmes monter en lui. Ah, dieux du ciel, dieux du ciel, pensa la femme de l'autre côté du portail, qu'ai-je fait pour devoir rester ici devant un étranger à l'entendre larmoyer ? Qu'ai-je fait pour que les choses aient dû se passer ainsi ? Ah, épargnez-moi, épargnez-moi. « Et si tu essaies d'empêcher le mariage de Nancy ce sera pareil. Je ne tolérerai pas que tu la contrecarres et que tu l'empêches, quoi qu'elle veuille faire, lever un doigt, aller danser, avoir un cheval à elle comme... » Et ah, injuste, injuste, pensa la mère avec amertume. Qui est-ce donc qui a choisi les vêtements pour qu'elle aille à Londres, qui est-ce qui a trouvé l'école pour elle à Florence l'an dernier ? Mais cela faisait tant d'années de cela à présent que ce n'était de rien d'autre que de la présence de l'étranger qu'elle se souciait. « J'attendrai ma petite fille », continuait à dire Candy sur le même ton bas, errant et à peine provoquant, « et tu ne peux rien me faire parce que cette fois c'est moi qui ai pris le dessus, pour une fois je l'ai pris. C'est toi qui as l'argent mais cette fois je t'ai eue, je t'ai bernée, tu ne peux pas me maréchaler hors d'ici, tu ne peux pas me majordomer, tu ne peux même pas me soudoyer... » Oh, sordide, sordide, pensa la mère affligée en regardant le petit visage rouge déformé, sans âge et bizarre comme celui d'un nain, se tournant d'un côté à l'autre dans la crainte de la mort et la crainte de la vie de l'autre côté de la porte. Tout à coup, elle tourna son regard vers M. Harrison et, que le mot eût été effectivement donné ou simplement suggéré, ils se dirigèrent tous deux simultanément d'un air digne et patient vers le portail, franchissant le madrier du seuil, où le jeune homme se posta distinctement d'un côté pour la laisser sortir devant lui dans la lumière. « Vous pouvez partir, cela ne fera aucune différence pour moi », cria Candy, mais comme le cheval aveugle s'agitait un peu nerveusement sur la paille, il baissa la voix. « Tout va bien », dit-il, mais lorsqu'il regarda l'épaule massive et la puissante tête pendante son sang se figea en lui. Il se tenait en appui contre la paroi du box, les mains dans les poches, cherchant à ne pas voir la bête immense, vivante, soufflante, aux yeux obstrués bleus et laiteux sous la longue mèche exubérante, et il sortit alors sa main gauche de la poche de sa veste pour saisir à tâtons la flasque, qu'il plaqua de la paume contre ses côtes tandis que les doigts de cette même main gauche dévissaient maladroitement le capuchon. Il ne remua pas la main droite mais ôta le bouchon avec ses dents et but, et pendant qu'il buvait le cheval tendit sa tête baissée par delà la paille, les larges narines moelleuses en quête frémissante de reconnaisance, jusqu'à ce que le naseau atteignît le bout des chaussures et les lécha, la succion monstrueuse, vide, ingérante d'un escargot remontant les chevilles et le pantalon jusqu'à la veste, et quand il baissa précautionneusement le bras et la main qui tenait la flasque l'homme n'osa plus bouger mais demeura plaqué contre le bois du box, en attente, la flasque tendue dans sa main figée d'effroi. La tête du cheval se leva lentement, furetant, les oreilles en arrière, les poils des narines tremblant aux souffles de la respiration, et alors que les lèvres lui parcourant l'épaule à l'aveuglette s'approchaient de son visage, le cri de terreur jaillit, déchirant, de la gorge de Candy. « Pour l'amour de Dieu ! » hurla-t-il, et le cheval rejeta la tête en arrière de peur, se tournant dans le box jusqu'à ce que son arrière-train se dressât tremblant maintenant devant l'homme, la longue queue noir s'agitant en travers de sa croupe et les pointes de ses jarrets. « Je ne peux, je ne peux pas », dit tout bas Candy, et il se mit à geindre en s'appuyant contre les planches. « J'ai peur, j'ai le droit d'avoir peur », mais maintenant que le cheval avait cessé de bouger il réussit à boucher la flasque, sa main gauche agitée de tremblements, et à la glisser dans sa poche de derrière. Puis il resta là silencieux plus d'un bon quart d'heure, ses mains soustraites à la vue dans ses poches, le rêve d'intrépidité et de persévérance allant vaguement croissant et aussi vaguement décroissant, et, à l'ultime instant de s'évanouir, revenant sous une forme amplifiée, plus forte, plus claire, plus vertigineuse. À la fin de ce petit laps de temps, Mme Lombe et le veneur franchirent de nouveau la porte pour traverser l'écurie.

« M. Harrison et moi avons discuté entre nous », commença-t-elle sur un ton modéré, aimable, qui devait entraîner dans son sillage un assentiment à sa logique. « M. Harrison pense qu'il pourrait être très dangereux pour toi de rester là à l'intérieur en compagnie de ce cheval. Je lui ai expliqué que le cheval n'avait pas l'habitude d'être manœuvré par toi, et il dit que c'est là que réside le grand danger. Ce sont les inconnus qui les inquiètent quand quelque chose ne va pas. » Il se tenait les reins collés contre les planches, les yeux fixés sans rien voir sur la croupe du cheval et la longue queue noire qui la balayait par intervalles, et il ne parlait point. « Si tu fais cette scène absurde pour Nancy », poursuivit-elle, « je t'assure qu'elle préférerait rentrer pour trouver mort son cheval malade que pour trouver son père à l'hôpital... »

« M. Lombe », dit le veneur de sa voix blessée de jeune fille, « ce n'est guère faire preuve de hauteur de vue que de... »

Ce n'était pas l'opposition passive de Candy qui les arrêtait maintenant tous les deux, mais sans crier gare ce dernier se mit à chanter, relevant la tête de telle sorte que sa nuque reposa contre les planches du box, et que sa gorge se dégagea du foulard en soie tandis qu'il chantait d'une voix insonore, dissonante, les paroles qu'il se rappelait des vestiges de chanson qu'il sauvait des cahots de la terreur, de la boisson et du désespoir.

« J'ai vu le roi d'Angleterre du haut d'un autobus, Chevauchant en grand apparat il ne nous a pas vus », chanta-t-il, beuglant, et les oreilles du cheval tressaillirent. « Et bien que – oh, tra, tra, tralalala – oh, les Saxons nous aient opprimés jadis, J'ai applaudi, Dieu me pardonne, oh, Dieu, oh Dieu, pardonne-moi, j'ai avec les autres applaudi, J'ai... »

Mme Lombe se rapprocha un peu et prononça son nom, et il lui lança un coup d'œil rapide et commença tout à coup :

« Je suis une des ruines que Cromwell a un brin malmenées, Je suis *une* des ruines que Cromwell a un brin malmenées, oh, tra, la, la, la ! Sortant du Cromwell Arms samedi soir dernier, J'étais une des... »

Lorsque les transporteurs arrivèrent un peu après onze heures, Mme Lombe se rendit à la porte d'un air digne pour les congédier, offrant de leur payer un supplément s'ils étaient assez aimables pour revenir l'après-midi. Candy avait chanté : « Vous vous souvenez du jeune Peter O'Loughlin, bien sûr ? Eh bien, le voici à présent à la tête de la police ! Je l'ai croisé un jour en traversant le Strand – oh, Dieu, oh, Dieu le bénisse, d'un seul signe de la main il bloquait toute la rue ». Mais lorsqu'il entendit les hommes parler dehors et qu'il la vit partir, avec fierté et discrétion comme le pouvait une dame, pour leur donner leurs instructions, il tourna la tête vers la porte ouverte et cria : « Ne dites pas à ma mère que je vis dans le péché. Ne laissez pas les vieux... » et ils fermèrent la porte et le laissèrent là. Tout le temps du déjeuner il demeura sans bouger dans le box, les reins contre les planches, et à deux heures il avait fini le whisky. Le cheval avait baissé la tête et commençait à manger sa litière car ils ne l'avaient ni abreuvé ni nourri depuis le repas du matin. Il était presque trois heures lorsque les transporteurs revinrent : il entendit leurs chevaux et leurs voix dehors au soleil, et sur ces entrefaites M. Harrison ouvrit la porte de l'écurie et lui et Mme Lombe franchirent d'un pas alerte le madrier. À une faible distance du box ils s'arrêtèrent.

« Tu dois avoir très faim », dit-elle, plantée là légèrement en avant du veneur. « Je leur ai fait sortir quelques sandwiches au rosbif et de la bière sur la véranda pour toi, alors si tu veux bien venir... »

« Non », dit Candy, regardant le cheval. « Non, ça va bien. Tu ne m'auras pas. » Il parlait d'une voix pâteuse à présent, s'appuyant contre le bord de la stalle. « J'attends ici ma petite fille, je suis du côté de la civilisation. Ce cheval, ce n'est plus un cheval, pas plus qu'aucun de nous ne sommes des chevaux, il est les forces du bien contre celles de la destruction, il est moi, juste autant que moi comme artiste, étranger, juste autant qu'un paria, il est monstre et il est amour, et il a quelque chose à voir avec l'amour, l'amour qui s'élève contre – contre cette, cette édification des empires et cette supression des indigènes, ce que tu disais l'autre soir à propos de Gandhi si laid de sa personne, maigre et édenté et ses gencives comme ça, à la façon dont tu parlerais d'un cheval, tu disais que c'était un tel monstre que tu te fichais de ce qu'étaient ses croyances et ne pensais pas qu'il pouvait en avoir aucune qui ressemble... hé bien, ce cheval est contre ce genre de choses. Il est pour l'amour. C'est parfait, nous voilà au net à présent. Ce cheval, il a tout faux et par voie de conséquence il est contre tout ce qui est votre droit et le droit du monde et celui de M. Har... Il est moi à l'heure qu'il est, et il est Nancy, je pense, ou il est moi et Nancy fichant le camp dans un autre pays où toute personne qui parle anglais est un étranger, pas seulement moi. Il est mon cheval, quoiqu'il n'en soit plus un, et je l'ai acheté avec ton argent, oui, d'accord, d'accccord, ton argent, mais j'ai acheté autre chose en même temps, en faisant cette acquisition, ma chère, quelque chose que tu n'as pas vu encore mais c'est là et c'est ce qui me retient dans l'écurie et dans le box jusqu'à ce que vous en sortiez et il n'y a pas à fournir d'explication », marmonnant cela, le criant à moitié tandis qu'il restait planté les mains dans les poches et fixant du regard la croupe du cheval.

Mme Lombe fit un signe imperceptible au veneur ou lui dit un mot inentendu, et celui-ci s'avança sur-le-champ.

« M. Lombe », dit-il de sa voix charmeuse de petite fille, « ne voulez-vous pas sortir nous rejoindre à présent et laisser les événements suivre leur cours ? »

Candy tourna la tête et les regarda, s'assurant peut-être lui-même qu'il avait bien entendu, et il se mit alors à rire. Les reins appuyés contre les planches de la stalle il se mit à se tordre d'un rire silencieux et grotesque.

« Laisser les événements *quoi* ? » dit-il d'une voix sifflante à travers son rire. « Les laisser faire quoi ? » Et de rappuyer ses épaules en arrière, la bouche à moitié ouverte, malade de rire à présent. « Laisser les événements… »

Mme Lombe fit immédiatement le signe convenu au jeune homme, et celui-ci reprit la parole.

« M. Lombe », dit-il, « nous ne voulons aucunement le faire, mais si vous ne sortez pas nous serons dans l'obligation de demander aux transporteurs dehors de nous aider. Ce cheval a été condamné par deux chirurgiens-vétérinaires éminents, l'un d'eux aujourd'hui décédé, tué dans l'accomplissement de son devoir... » et la crise de fou rire suffocante de Candy coupa le son de la voix du veneur et le rouge monta dans sa gorge de fillette et se répandit sur ses mâchoires. « Tué », poursuivit-il au bout d'un moment, les yeux baissés à présent, « parce qu'il se tenait derrière comme vous le faites maintenant, M. Lombe, dans le box d'un animal malade, imprévisible », et Candy reposait affaibli d'avoir autant ri contre les planches. « Je disais qu'il a été tué dans l'accomplissement de son devoir », dit le veneur, sa voix aiguë tremblant tandis qu'il la haussait pour se faire entendre. « Tandis que vous, M. Lombe, vous faites obstruction au mien et me faites perdre mon samedi... » et les halètements d'hilarité de Candy de se muer en grands éclats de rire puis de s'arrêter net dans un étonnement incrédule.

« *Votre* same... M. Har... ? Votre... ? » commença-t-il, et de se tordre à nouveau de rire, « Oh, s'il vous plaît, siouplaît, arrêtez d'être drôle ! Oh, si-plaît, si-plaît, M. Har... » Il rejeta en arrière sa jolie petite tête et le rire lui jaillit des yeux et de la contorsion étrange de sa bouche. « Pour l'amour de Dieu, siouplaît ! » dit-il, et Mme Lombe tourna les talons pour gagner la porte de l'écurie et l'ouvrit. Lorsqu'elle revint les transporteurs l'accompagnaient, trois solides gaillards de la campagne qui franchirent le portail derrière elle et se postèrent en attente, mal à l'aise, à côté d'elle.

« Voulez-vous avoir l'amabilité », leur dit-elle avec calme, mais son âme ployait intérieurement sous le poids du chagrin et de l'humiliation : on en est donc arrivé là, on en est arrivé là. « Voulez-vous être assez aimable pour prêter assistance au gentleman et le faire sortir afin qu'il soit hors de danger », dit-elle.

Les trois hommes restèrent plantés là un moment dans l'embarras, leurs bras nus dans leurs chemises sans col à manches courtes, chaussés de bons souliers presque élégants comme les souliers des travailleurs du Devonshire sont susceptibles de l'être. Ils se regardaient l'un l'autre d'un air hésitant, ainsi que Mme Lombe sous son chapeau de marin, cherchant avec gêne, et en butte à un trop grand dilemme pour feindre toute autre émotion, le parti indubitable de la respectabilité. Et là-dessus le veneur fit le geste devant eux : se tenant le visage et le bras droit détournés de la vue de Candy au cas où ce dernier aurait tourné la tête pour voir, il souleva la main comme s'il tenait un verre, qu'il levait pour boire, une fois, deux fois, puis une troisième fois. Sa bouche forma le mot mais sans qu'il le leur dise : ivre. C'était là maintenant la plaisanterie partagée, la vérité communiquée de manière inaudible, et, une fois mis dans le coup avec la gentry, les trois transporteurs sourirent, ni à belles dents ni timidement mais en simple signe de reconnaissance, et après s'être regardés une fois de plus entre eux pour confirmation, ils acceptèrent la chose. Mme Lombe s'avança en premier, le veneur marchant à côté d'elle un peu en retrait, peut-être par précaution innée et coutumière, et derrière à proximité suivaient les transporteurs. Un instant durant, alors que la marche sur les planches s'ébranlait, Candy ne les vit pas mais resta adossé au bois, les yeux rivés sur la croupe immobile du cheval comme s'il la soumettait et la domptait par la seule vue. Il s'appuyait contre la paroi du box, ses mains serrées dans ses poches, entré à présent dans une autre et plus violente sphère de peur. Si je détache mes yeux de cet arrière-train, de cette catapulte de mort, je suis fichu, pensait-il, je suis fini, je vais mourir avec la vision de Penson gisant le crâne suintant sa raison et sa mémoire sur de la litière de cheval. Les yeux embrumés par le songe et désespérés voyaient sur la calme croupe luisante du hunter la marque, crue comme si elle venait d'être imprimée dans la chair, du fer à cheval, l'impression identique à celle qu'ils avaient découverte sur le visage de Penson, avec le crochet d'un talon planté dans le globe de l'œil et l'autre talon fiché jusque dans les vertèbres à travers le palais. Mais lorsqu'il sentit leur dessein avancer sur lui, il sortit pour la première fois sa main droite de sa poche et ils virent le pistolet qu'elle tenait.

« Ne touchez pas à la porte », dit-il, observant la croupe du cheval. N'y touchez pas. »

Il ne tira pas avant que Mme Lombe tendît la main vers le verrou, voyant ou peut-être devinant seulement la montée de sa main vers la porte du box, et alors, sans détacher les yeux du cheval, il tira furieusement à leur encontre, la détonation fendant, assourdissante, toute l'écurie. Les transporteurs et le veneur rentrèrent la tête dans les épaules, mais Mme Lombe ne bougea pas et regarda d'un œil clair désolé le cheval aveugle tournoyer dans son box, pivotant les pieds antérieurs légèrement levés, la queue arquée et fouettant d'affolement le visage de Candy au passage, et puis la puissante tête brutale se balançant sur le crâne de Candy dans sa quête de vision démente.

« Sors Candy », murmura-t-elle, mais personne ne l'entendit. Les transporteurs étaient déjà dehors et le veneur se lissait les cheveux en arrière. « Sors, Candy », répéta-t-elle. « Sors. »

Il se tenait plaqué contre la paroi de la stalle, le pistolet fumant, pendant dans sa main retombée, la tête pressée en arrière contre la planche, le visage petit et frais d'allure, les yeux fermés dans une attitude d'attente résignée et atroce. Il sentait son corps comme quelque excroissance du bois, attendant, non plus une libération des roues de la peur, tournant à toute allure et illuminées, semblait-il, dans l'ouverture du portail de l'écurie, ni l'arrivée de Nancy, mais une libération, tandis qu'il défaillait et sombrait dans la terreur, dans l'éclat effectif de la fin totale et immuablement décrétée. Mais lorsqu'il entendit la voix du veneur parler de nouveau au-delà de la marée dans laquelle son corps sombrait et périssait disant – « Laissez-moi passer, Mme Lombe, laissez-moi passer. Il faut en finir. Cela ne peut pas continuer. Laissez-moi passer… » – il leva de nouveau le revolver et de nouveau, mais cette fois les yeux hermétiquement clos contre la vision de sa propre mort violente, il tira à travers l'écurie. Et cette fois le cheval se cabra, dressés sur ses jarrets, se balança tel un dément au-dessus de lui, et, tournoyant, écrasa sauvagement ses talons contre la porte en bois du box. La main de Mme Lombe tomba soudain sur le bras de M. Harrison et ses doigts lui étreignirent d'angoisse la chair, et ils regardèrent le cheval tourner sur lui-même, le regardèrent se balancer d'un bord à l'autre dans un désespoir sauvage, tandis que le petit homme restait plaqué contre la paroi du box, les mains en bas, la tête levée, indemne jusque-là et peut-être protégé par cette posture passive, désuète, presque ridicule du martyre.

Ils restèrent un moment à regarder Candy plaqué le dos aux planches, les yeux fermés, la main droite pendante tenant le revolver, et regardèrent le cheval se calmer de nouveau et se mettre à piétiner nerveusement, la tête se balançant, à piétiner nerveusement la paille, la tête levée se balançant et les naseaux frémissant tandis qu'ils crachaient de l'air en guise d'avertissement. Alors Mme Lombe et le veneur, comme si le mot inaudible avait de nouveau été prononcé, prirent leurs positions à la porte ouverte de l'écurie. Ils ne parlèrent pas beaucoup, un mot seulement de temps à autre sur le temps, et à quatre heures vingt Mme Lombe dit à voix basse :

« Voilà Nancy. Voilà ma fille qui arrive », et elle s'avança à sa rencontre, ni les pensées ni les paroles encore prêtes, sans mot qui puisse dire l'émotion qui lui secouait le cœur.

Postface
par Florence Sapinart

ÉLÉGANTE, l'air impérial, le visage anguleux, le regard pénétrant, d'une rare beauté, Kay Boyle indubitablement avait de quoi séduire mais qui était-elle en vérité ?

En lisant *Being Geniuses Together*[1], chronique des années vingt, autobiographie à deux voix où Kay Boyle raconte en treize chapitres ses premières années d'exil en France, en alternance avec les confidences de son ami écrivain Robert McAlmon sur cette même époque, on découvre une jeune femme engagée, passionnée et courageuse, qui s'est entièrement investie dans l'écriture. Cette force de caractère propre au personnage, le photographe Man

---

1. « Being Geniuses Together 1920-1930 », Kay Boyle and Robert McAlmon, Garden City, NY, Doubleday, 1968 ; San Francisco, North Point Press, 1984.

Ray a très bien su la saisir dans un portrait remarquable qu'il fit de l'artiste en 1930.

On sait qu'elle portait toujours de grosses boucles d'oreilles blanches ; qu'elle avait peur de l'eau, des montagnes et des chevaux qui sont pourtant nombreux à galoper sur les pages de ses romans. Elle était à Paris dans les années vingt ; à Vienne, puis à Megève dans les années trente ; à New York dans les années quarante ; à Bad Godesberg dans les années cinquante. On la retrouve à San Francisco dans les années soixante, où non seulement elle continue à écrire, mais donne par ailleurs des cours de « création littéraire » à l'université et milite pour des causes humanitaires et politiques. C'est ce qui l'amène au Vietnam ; puis à la prison de Santa Rita en Arizona ; et enfin à la maison de retraite The Redwoods à Oakland, dernière demeure d'une existence de quatre-vingt-dix années. Ce ne sont que quelques éléments du récit mouvementé de sa vie. Les lieux qu'elle a fréquentés sont plus nombreux encore.

Kay Boyle voit le jour en 1902 à Saint Paul, dans le Minnesota, ville natale d'un autre grand écrivain, F. Scott Fitzgerald, de six ans son aîné. Elle grandit au sein d'une famille aisée qui, très tôt, lui donne le goût du voyage en lui faisant découvrir l'Europe pendant les vacances. Lorsqu'elle poursuit des études d'architecture à l'université de Cincinnati, Kay Boyle rencontre Richard Brault, ingénieur français avec lequel elle part pour New York. En 1922, le couple s'y marie et, un an plus tard, c'est le grand départ pour la France. Tous deux envisagent d'y passer environ trois mois, le temps de faire face à certaines difficultés financières. C'est en fait le début de 18 années d'exil pour Kay Boyle, la seule Américaine de cette « génération perdue »[2] – pour reprendre l'expression de Gertrude Stein – à avoir choisi de séjourner aussi longtemps en Europe. Alors que la plupart de ses compatriotes exilés sont rentrés aux États-Unis après le krack boursier de 1929, Kay Boyle, quant à elle, reste sur le vieux continent jusqu'en 1941. Après la guerre et un bref retour en Amérique, c'est à nouveau en Europe qu'elle revient vivre, cette Europe qu'elle ne cesse de dépeindre dans presque tous ses récits.

Il faudrait bien des pages pour tout raconter, pour retracer le va-et-vient des voyages, le hasard des rencontres, une vie étourdissante, à l'image de l'extraordinaire effervescence de ce XXe siècle. Kay Boyle apparaît comme un personnage fascinant : femme aux multiples visages, à la fois mère de six enfants, épouse à trois reprises, écrivain prolifique, féministe malgré elle, activiste politique par

---

2. L'expression désigne les artistes américains qui, nombreux dans l'entre-deux-guerres, émigrent vers Paris en quête de liberté, retrouvant alors un chemin emprunté avant eux par les aristocrates d'Henry James un siècle plus tôt. Ernest Hemingway a repris cette expression de Stein en la plaçant en exergue à son livre *Le soleil se lève aussi* (1926).

deux fois arrêtée pour ses convictions, elle est une de ces figures héroïques qui n'a jamais eu peur d'afficher et de défendre ses opinions, dont l'esprit créatif et non-conformiste devait marquer son temps.

Écrivain reconnu et salué par la critique dans l'entre-deux-guerres, cette Américaine est à (re)découvrir aujourd'hui parce que son œuvre est une véritable « chronique du XXe siècle ». Jusqu'à sa mort en 1992, Kay Boyle n'aura cessé d'écrire, de témoigner sur son temps et sur les événements qui l'ont traversé. De cette longue existence, il reste aujourd'hui une masse impressionnante de textes en tous genres, près d'une cinquantaine d'ouvrages publiés, parmi lesquels des romans, des recueils de nouvelles longues et courtes, des recueils de poèmes et d'essais, des traductions, des ouvrages écrits pour autrui (« ghostwriting »), des récits pour enfants, sans compter toutes les publications parues uniquement dans des magazines et des revues d'avant-garde comme celle d'Eugène Jolas, *Transition*.

Mais à présent, que reste-t-il de cette œuvre ? En découvrant ce qu'un tel personnage avait accompli, on peut s'étonner que Kay Boyle soit aujourd'hui un écrivain si méconnu, si rarement cité dans les ouvrages consacrés à la littérature américaine. Même aux États-Unis, Kay Boyle n'est pas beaucoup lue, et les ouvrages critiques à son sujet ne sont pas légion. Heureusement, depuis une vingtaine d'années, certains livres ont commencé à être réimprimés, principalement par New Directions Books, comme c'est le cas pour *The Crazy Hunter* (*Le Cheval aveugle*), en 1991 et 1993. À Londres, Virago Modern Classics, à la fin des années quatre-vingt, a également permis de redécouvrir trois de ses tout premiers romans[3]. L'œuvre de Kay Boyle est donc relativement accessible en anglais de nos jours, même si quelques ouvrages, comme les premiers recueils de nouvelles, dont certains récits comptent pourtant parmi les plus réussis[4], restent introuvables.

En France, en revanche, on ne la connaît quasiment pas. Curieusement, dans les myriades de mémoires et études consacrés aux expatriés américains dans le Paris des années vingt, le nom de Kay Boyle n'apparaît pas ou très peu. Les traductions, par ailleurs, sont rares et aujourd'hui épuisées : seulement deux romans ont été traduits – *Avant-hier* par Marie-Louise Soupault (Calmann-Lévy, 1937) et *La nuit de lundi* par René Guyonnet (Club français du livre, 1952) –, ainsi qu'un poème – « Et l'hiver »

---

3. *Plagued by the Nightingale* (1931 ; réédité en 1981 et 1993), *Year Before Last* (1932 ; réédité en 1986), *My Next Bride* (1934 ; réédité en1986).

4. *Short Stories* (1929), *Wedding Day and Other Stories* (1930), *The First Lover and Other Stories* (1933), *The White Horses of Vienna and Other Stories* (1936).

traduit par Eugène Jolas en 1928 – et un essai – *Nouvelles de sous les verrous* par Fabrice Hélion en 1978[5].

Il faut alors espérer que la présente traduction de *The Crazy Hunter* stimulera un regain d'intérêt pour un auteur trop longtemps et injustement négligé. Les premiers récits et poèmes de Kay Boyle, publiés dans des revues d'avant-garde, sont le fruit d'une recherche esthétique qui désire échapper aux conventions artistiques et culturelles prédominantes du XIXe siècle : à savoir le réalisme. Comme les autres modernistes, Kay Boyle souhaite ainsi ouvrir l'espace littéraire à de nouveaux défis et son écriture est celle de la révolte, qui renonce à l'anecdote pour privilégier l'émotion et échappe à une syntaxe monotone pour exprimer le rêve. C'est dans les années vingt que Kay Boyle produit ses textes les plus innovants, essentiellement des nouvelles, dans lesquelles on retrouve des thèmes très proches de l'expérience vécue – l'exil, l'amour et ses obstacles, la perte de l'être aimé et la souffrance. Ses contemporains, parmi lesquels il faut citer Archibald MacLeish, Harry Crosby, William Carlos Williams et Katherine Anne Porter, ont su voir en elle un auteur plein de promesses, l'une des femmes écrivains les plus talentueuses de sa génération. Pourtant, elle n'occupe

---

5. *Year Before Last* et *Monday Night* (romans) ; *And Winter* (poème) ; *Report from Lock-up* (essai).

pas aujourd'hui la place qu'elle mérite dans la littérature américaine du XXe siècle. Et il y a sans doute plusieurs raisons à cela.

Peut-être s'est-on désintéressé d'elle parce qu'à un moment de sa vie, Kay Boyle a radicalement changé d'écriture. La Seconde Guerre mondiale devait en effet marquer un tournant dans sa carrière. Kay Boyle choisit d'abandonner le style expérimental de ses débuts pour se faire comprendre d'un plus large public : elle cherche désormais à « communiquer » plus qu'à « exprimer » ses idées. C'est ainsi qu'elle rédige *Primer for Combat* (1942), qui décrit la défaite française et l'occupation dans un petit village de Haute-Savoie ; et plus tard *Avalanche* (1944), son plus gros succès financier, roman d'aventures qui porte sur la Résistance. Mais ces deux romans sont mal accueillis par la critique et la réputation de l'écrivain en a beaucoup souffert. Les six autres romans qui suivent n'ont d'ailleurs pas davantage obtenu sa faveur.

Peut-être n'a-t-elle pas écrit les bons livres à la bonne époque. Il est vrai que durant la dépression, alors qu'une certaine critique américaine attendait des récits plus engagés politiquement, à la portée du grand public, Kay Boyle préfère explorer des thèmes personnels, répondant à des préoccupations intimes, à travers une écriture qui refuse la norme et qui est parfois difficile d'accès pour le « lecteur ordinaire ». En revanche, dans les années quarante, elle remet en question son rôle d'écrivain et choisit de s'exprimer de façon plus explicite pour toucher le plus grand nombre de lecteurs ; le sort des hommes et des femmes dans l'Europe en guerre l'intéresse davantage que celui de cette jeune Américaine expatriée des premiers récits. Thématiquement, sa fiction s'étend donc à des domaines plus vastes ; elle est moins le reflet d'un espace intérieur que du monde extérieur, où se jouent d'autres drames, sociaux et politiques. Mais il est sans doute trop tard.

Par ailleurs, en 1953, on lui reproche d'avoir des sympathies communistes. Kay Boyle, qui est alors correspondante pour le *New Yorker*, vit en Allemagne avec son troisième époux, le baron Franckenstein qui travaille pour le Gouvernement américain. Victimes du maccarthysme, tous deux perdent leur emploi et sont forcés de retourner aux États-Unis. Kay Boyle ne parvient plus à se faire publier et il lui faudra du temps pour se relever.

Quoi qu'il en soit, Kay Boyle a fini par tomber dans l'oubli. Nul doute que son œuvre, si vaste et diversifiée, mais inégale, ait quelque peu dérouté la critique. Il est de toute manière difficile de répondre aux exigences prescrites par ceux qui jugent de la valeur d'une œuvre, surtout quand on est une femme.

Kay Boyle ne fait donc pas partie du sérail des écrivains américains dits « classiques ». Pourtant, les connaisseurs ne s'y tromperont pas en découvrant *The Crazy Hunter*. Ce texte, publié pour la première fois en 1940[6], est sans doute l'un des meilleurs que Kay Boyle ait écrit. C'est d'ailleurs celui que l'auteur préfère, rapporte son entourage. Le public de l'époque est enthousiaste et le récit est salué par la critique. Des années plus tard, c'est la consécration : ce roman court est publié dans l'anthologie de Richard M. Ludwig et Marvin B. Perry, Jr., *Nine Short Novels* (1952), qui présente également d'autres chefs-d'œuvre littéraires de Joseph Conrad, Hart Crane, Mark Twain, Henry James, William Faulkner...

Le récit met en scène des personnages en quête de sens et d'amour dans un environnement chaotique. Kay Boyle parvient à nous faire pénétrer dans l'univers fermé et étouffant du haras familial de la famille Lombe en Angleterre. L'histoire se situe hors du temps, construite autour de la mémoire, à travers une succession désordonnée de souvenirs et d'images parfois récurrentes qui assaillent les personnages confrontés à un présent qui leur échappe. Le récit est d'un immobilisme déconcertant : il ressemble à une scène de duel, comme le western a si bien su en créer à l'écran, où la tension est insoutenable, où le temps est pétrifié jusqu'au coup de feu final, la mise à mort

---

6. *The Crazy Hunter : Three Short Novels*, New York, Harcourt, Brace and Co., 1940.

qui clôture le film. C'est un même face-à-face redoutable que l'on retrouve dans *The Crazy Hunter*, avec d'un côté la mère, Mme Lombe, et de l'autre sa fille Nan, chacune attendant un signe, une parole qui pourrait changer leur relation, qui pourrait les rapprocher et les faire se comprendre. Candy, quant à lui, se place au milieu, en terrain neutre ; le père, incapable d'engagement, jusqu'au finale, où l'on assiste à son réveil. L'intrigue est donc réduite à son strict minimum, concentrée autour de tensions familiales menaçantes, tragiques. Mais ce n'est pas cela qui compte : il n'y a d'ailleurs pas de résolution dans *The Crazy Hunter*. Kay Boyle n'explique rien. Au lecteur de combler les silences, d'imaginer le dénouement. Ce qui importe, c'est ce que le récit révèle, ce qu'il donne à voir dans les dernières pages, dans un moment d'illumination que James Joyce aurait appelé une « épiphanie ».

The Crazy Hunter est très proche des premiers récits, *Plagued by the Nightingale*, *Year Before Last*, *My Next Bride*, de nouvelles comme « Episode in the Life of an Ancestor »[7], où Kay Boyle met en scène des héroïnes qui s'interrogent sur leur devenir, sur le sens qu'une femme peut donner à sa vie, sur l'idée du couple, sur la sexualité – un nouvel « horizon »

---

7. In *Wedding Day and Other Stories* (1930), puis dans *Thirty Stories* (1946) et *Fifty Stories* (1980 ; réédité par New Directions Books en 1992).

féminin qu'il fallait oser imposer dans l'univers masculin du modernisme ; une vision originale des relations amoureuses dénuée de tout sentimentalisme, où le désir surtout s'exprime par la sensualité des images et des symboles, comme on peut le voir dans certains passages de *The Crazy Hunter*, où la charge érotique du langage est particulièrement saisissante. Pourtant, Kay Boyle s'est toujours défendue d'être considérée comme une féministe : son regard de femme forcément transparaît dans son œuvre, mais il est vrai qu'elle ne s'intéresse pas uniquement à la question de l'identité féminine.

Dans *The Crazy Hunter*, qu'elle commence à écrire en 1937[8], Kay Boyle donne à ses personnages une portée universelle. Cette volonté d'élargir son champ de vision ne fera que s'accentuer au fil des années. Aussi *The Crazy Hunter* constitue-t-il un texte charnière, encore très lié par ses thèmes et son style aux récits de la première heure, mais qui déjà tend vers un ailleurs, vers des préoccupations qui concernent l'humanité entière, l'histoire de tous ceux qui souffrent dans un univers confus et parfois absurde, miné par le désespoir et la solitude. Une chose est certaine : après *The Crazy Hunter*, une page est définitivement tournée dans la carrière de

---

8. Elle est alors de retour en France dans les Alpes, après avoir passé un an à Devon en Angleterre avec son deuxième mari, Laurence Vail.

Kay Boyle. Jamais plus elle n'écrira d'histoires aussi complexes dans une prose aussi mouvante, riche et sensuelle.

C'est justement cette écriture si singulière qui la distingue des autres écrivains de la « génération perdue » et lui permet d'émerger de l'ombre d'un James Joyce ou d'une Gertrude Stein, ceux-là même qui l'ont guidée dans ses choix esthétiques. L'influence de William Faulkner, également, est importante, ainsi que celle d'écrivains d'une autre génération, ceux qui avaient su éclairer leur temps et secouer les esprits endormis en métamorphosant le réel : ces autres « apôtres de l'Amérique » que représentent pour elle Edgar Allan Poe, Walt Whitman, William Blake, sans compter les poètes français, les surréalistes, les symbolistes, et surtout Arthur Rimbaud, devant lequel elle s'incline. Encouragée par ces maîtres de la littérature, Kay Boyle, elle aussi, à sa manière, parvient à réveiller les consciences, à donner une autre vision du monde en se débarrassant des conventions, en explorant l'imaginaire.

Dès la première page de *The Crazy Hunter*, on est frappé par le langage, une syntaxe sophistiquée, précise, mélodique. Kay Boyle est avant tout une artiste passionnée par les mots, des mots choisis avec le plus grand soin dans un registre soutenu et très large, des mots magiques, sonores, qui ont ce pouvoir d'éveiller les sens et de nous transporter dans son univers intime. Le poète[9] qu'elle n'a jamais cessé d'être aime créer des images surprenantes, parfois vertigineuses, qui soudain illuminent le récit et révèlent tout de suite le lieu, l'objet, le personnage ou encore une émotion. Le regard de l'écrivain ne va jamais droit au but et le « démon de l'analogie » envahit toute sa prose. C'est surtout le cas dans les nouvelles, mais aussi dans des romans comme *Year Before Last* (*Avant-hier*), qui fait exception par son lyrisme, pour le plus grand plaisir du lecteur.

Kay Boyle a une étonnante maîtrise du symbolisme et elle excelle dans l'allusion et la suggestion de l'implicite. Pourtant, quelquefois, la démarche peut être risquée, surtout lorsque les zones d'ombre du non-dit touchent au domaine politique. Des récits comme le roman *Death of a Man* (1936) ou encore la nouvelle « The White Horses of Vienna » n'ont pas toujours été bien compris par la critique américaine de l'époque, car l'auteur y présente des Nazis avec de grandes qualités humaines. La nouvelle commence par un conte, celui des « Chevaux blancs de Vienne », l'extraordinaire histoire d'une noblesse déchue que relate Heine, jeune médecin juif, poète dans l'âme,

---

9. Outre les nombreux poèmes que l'on trouve dès 1922 dans diverses revues – *Poetry : A Magazine of Verse, Broom, Contact, This Quarter, Transition* – Kay Boyle a publié cinq recueils, le dernier s'intitulant *This Is Not A Letter and Other Poems* (1985). D'ailleurs elle ne se cache pas d'avoir toujours préféré la poésie à la prose.

venu aider un confrère plus âgé et blessé dans un petit village autrichien. Ce dernier, dont les sympathies nazies sont connues, est un jour arrêté par les troupes de la Heimwehr. Alors qu'il devrait s'en réjouir, Heine au contraire se désespère. En voyant le vieux médecin s'éloigner, il repense aux lippizans, à la beauté et à la fierté de ces chevaux d'un temps révolu, qui, jusqu'au bout, seront restés dignes. Kay Boyle reçut le prix O. Henry en 1935 pour cette remarquable nouvelle. C'est en effet un joyau, un récit subtil où l'auteur fait preuve d'audace en s'exposant au malentendu, parce qu'elle refuse une vision simpliste de l'ennemi et qu'elle est en même temps une observatrice lucide et perspicace qui suggère déjà, dans ce texte, le sort terrible qui attendait les juifs.

Le monde animal est très souvent présent dans ses récits, au point qu'il s'y dessine un véritable bestiaire. Cygnes, chevaux, rossignols, langoustes, renards et ours, pour n'en citer que quelques-uns, sont là pour traduire des qualités humaines essentielles, mais aussi pour révéler ce qui ne peut se dire, pour permettre aux personnages d'accéder à la vérité cachée. Le symbolisme animal, dans les romans courts, est vraiment troublant. *The Bridegroom's Body* (1938), autre récit dont l'action se situe dans la campagne anglaise, nous fait entrer au royaume des cygnes, si proche du monde des hommes qu'à un moment, dans une scène extraordinaire, les deux univers se superposent ; humains et animaux se font face, et les désirs étouffés enfin s'expriment. De même, dans *The Crazy Hunter*, le cheval aveugle de Nan apparaît comme un personnage à part entière. Autour de lui l'histoire se développe, le drame éclate, la famille Lombe se déchire et la syntaxe vole en éclats dans un finale étourdissant. Brigand se fait l'emblème de la passion, la révolte, l'indicible, tant pour la jeune femme qui découvre la vie et l'amour, que pour son père, exclu d'un système sans état d'âme qui n'a que faire des artistes.

Candy est un curieux personnage, une sorte de dandy ridiculement précieux avec ses petites mains blanches manucurées et ses moustaches toujours impeccablement coupées. Il porte bien son nom mais fait tache dans le monde rural et viril qui l'entoure. Il passe ses journées à lire des romans policiers bon marché, des heures à parfaire sa toilette devant le miroir, et puis il boit pour fuir le regard des autres et oublier son passé – sa peinture, sa jeunesse, son mariage. Il se sent aussi prisonnier que Brigand, mais il comprend également qu'il doit un jour affronter ses ennemis et ses fantômes, et que la force nécessaire ne peut surgir que de lui-même. Dans les dernières pages du récit, sa souffrance explose et il *se retrouve*, même si son action est absurde et le spectacle qu'il nous offre pour le moins cocasse.

Car Candy est un grotesque, un être insensé, frustré, que l'amour, un jour, transfigure ; un de ces personnages comme il en sort parfois de l'imaginaire boylien, qui, dans leur lutte, ne manquent pas de nous émouvoir. On pense aussi à Wilt, le héros, ou plutôt l'anti-héros de *Monday Night* (1938) – (*La Nuit de lundi*) –, qui ressemble un peu à un phénomène de foire, qui inspire le dégoût à ceux qui le croisent, avec son oreille atrophiée, ses joues bouffies et la sueur qui perle constamment sous son nez. Comme Candy, il fait figure de martyr, refusant d'abjurer sa foi en l'amour devant l'indifférence générale. Il porte sur ses épaules toutes les solitudes de la terre, les sarcasmes, les injures, les moqueries infligés à tous ceux qui sont faibles. Mais il suffit d'un acte de bravoure d'une infinie beauté pour que le masque tombe, et que la farce devienne alors sublime.

Le monde selon Kay Boyle peut paraître sombre, peuplé de personnages fragiles, perdus, voués au malheur, qui ne cessent de chercher un accès à la société et à autrui. Souvent ils échouent dans leur quête, car la peur, la maladie, l'Histoire, la guerre et la mort leur ôtent très souvent toute chance de réussite. Cependant ils continuent à espérer et à se battre. C'est là en effet une constante de l'œuvre, où l'auteur valorise l'amour et l'espoir au sein d'une réalité sordide. Kay Boyle a foi en la nature humaine et pense que l'amour peut redonner un sens à l'existence, à défaut d'apporter le bonheur. Elle met en avant la résistance, plus que l'échec.

Que *The Crazy Hunter* soit aujourd'hui accessible aux lecteurs français est une chance, car cette excellente traduction de Robert Davreu, orfèvre en la matière, ne pourra que contribuer à redonner la place qu'elle mérite à Kay Boyle, écrivain doué d'un étonnant pouvoir d'expression et d'une immense tendresse pour le genre humain.

Florence Sapinart
Maître de conférences, université de Perpignan
Via Domitia.

Auteur d'une thèse intitulée « Kay Boyle et la "Révolution du Mot" : romans et nouvelles de l'entre-deux-guerres », université Paris-7, 2001.

Cet ouvrage a été imprimé par la
SOCIÉTÉ NOUVELLE FIRMIN-DIDOT
Mesnil-sur-l'Estrée
pour le compte des Éditions du Rocher
en janvier 2008

Éditions du Rocher
28, rue Comte-Félix-Gastaldi
Monaco

Imprimé en France
Dépôt légal : janvier 2008
N° d'impression : 88462